29.9세 여자 사전

괜찮을 리 없는

29.9세
여자 사전

서른을 위한 감성 낙서

김지은 지음

생각정거장

서른.

20대에서 앞자리 숫자만 바뀌었을 뿐인데
나도 하지 않는 걱정을 남들이 해주는 건 왜인걸까?

결혼식을 더 이상 넋 놓고 축하만 해줄 수 없고
살아가는 데 정작 중요한 건 매력보단 체력임을 깨달았으며
신용카드를 챙기면 정신머리는 놓고 나오는…
바뀐 앞자리 숫자처럼
그렇게 조금씩 달라지고 있는 우리의 일상들.

준비 없이 서른의 세계로 들어가게 될 29.9세의 '우리'를 위해
'서른 살의 단어'들을 이 책에 담았다.

서른을 맞이한,
서른과 함께하고 있는,
서른을 보낸 모든 이에게 소소한 위로가 되길 바라며.

인간관계 편

뜨거운 사이

생활 편

챙기자

 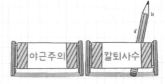

회사 편

어른의 삶

여행 편 ―――――――――

만병통치약

연애 편 ―――――――――――――――

띵동~ 띵동~

속담 편

속마음 담기

인간관계 편

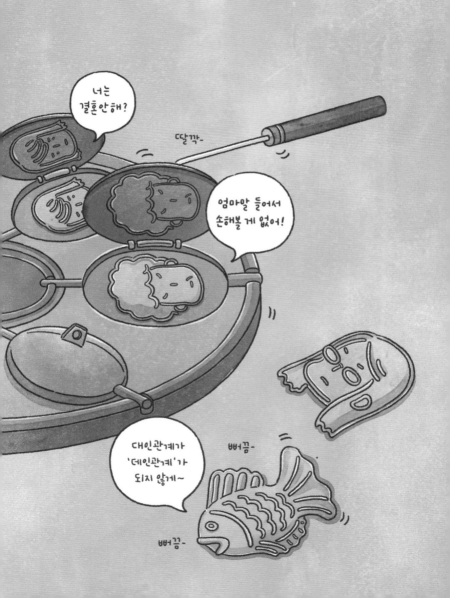

뜨거운 사이

추운 겨울,
꽁꽁 언 마음을 따뜻하게 녹여주지만
입천장이 홀라당 까질 만큼 뜨거운 존재.
그래서인지
때론 식을 때까지 내버려두는 것.

그래도 달콤한 붕어빵처럼
포기할 수는 없는 너.

14

동네 친구

사전적 정의
[명사] 한동네에서 오랫동안 사귄 사람.

서른 살 정의
동: 동네에
네: 네가 있어 다행이다.

동네 빵집의 갓 구워낸 빵을 식기 전에 같이 먹을 수 있는 사람.
야심한 밤, 동네 편의점에서 맥주 한 캔 같이 할 수 있는 사람.
일요일 저녁, 동네 공원을 같이 걸을 수 있는 사람.
열 받을 땐 불러내 함께 치맥할 수 있는 사람.

보고 싶을 때면
언제든지
얼마든지
볼 수 있는 그런 사람.
(feat. 생얼 & 추리닝)

가족

사전적 정의

[명사] 주로 부부를 중심으로 한, 친족 관계에 있는 사람들의 집단.
　　　또는 그 구성원. 혼인, 혈연, 입양 등으로 이루어진다.

서른 살 정의

새 마음이 돋아나는 연고.

아빠도 엄마도 오빠도

나를 너무 몰라준다는 생각에

나만 속상하고 나만 서운하다고 생각했지만

밖에서 상처투성이로 돌아온 내 마음을

다독여주는 이는 결국 가족뿐이기도 했다.

솔솔 피어나는 가족의 사랑으로

솔솔 돋아나는 내 마음.

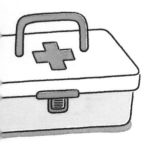

잔소리

사전적 정의

[명사] 쓸데없이 자질구레한 말을 늘어놓음.
　　　　필요 이상으로 듣기 싫게 꾸짖거나 참견함. 또는 그런 말.

서른 살 정의

1절, 2절, 간주 후 3절까지 있는 돌림노래.

18

내 귀의 휘모리장단.

휘모리장단으로 중무장한 잔소리 부대가

고막까지 찾아와 끝없는 돌림노래를 연주하는 지금!

사정없이 쏟아지는 화려한 선율에 놀라

왕성한 식욕도

넘치는 의욕도

모두 내려놓게 되는 소리….

그것은 잔소리….

설거지 좀
해라아~!

둥둥!

둥둥!

대학 동기

사전적 정의
[명사] 대학교에서의 같은 기期.

서른 살 정의
캠퍼스 전쟁 동기.

연이은 중간고사와 기말고사 전쟁 통에

전공 서적을 싸들고 도서관으로 향하던 피난길.

그리고 A, B, C 치하 속 F 강점기.

고문 같던 조별과제에서 살아남은 전우들과

환희의 축배를 들고 찾은 노래방.

그리고 고통스러운 숙취를 부여잡고 다시 맞이하는 1교시….

나도 모르게 나오는 한탄.

"누가 시간표 이렇게 짰어!"

생얼

사전적 정의
[신조어] 민낯을 표현한 말로 화장을 하지 않은 맨 얼굴을 뜻함.

서른 살 정의
가족 혹은 베프에게만 허락된 나의 진짜 모습.

매일매일 새벽마다

꼼꼼하게 메이크업베이스를 펴 바르고

한 올 한 올 속눈썹도 아찔하게 올려주고

입술은 생기 넘치는 붉은 립스틱으로 그린 뒤 나서는 출근길.

하지만 오늘만큼은

너와의 추억을 그리기 위해

하얀 도화지가 되어 밖을 나선다.

뭐 어때~

연예인

사전적 정의
[명사] 연예에 종사하는 배우, 가수, 무용가 등을 통틀어 이르는 말.

서른 살 정의
나 혼자 친한 사람.

네가 어떤 음식을 좋아하고

네가 어디를 놀러 가는지

네가 어떤 남자와 썸을 타고 있는지

네가 무엇 때문에 속상한지 알고 있는 나.

나만큼 너를 이렇게 잘 아는 사람도 있을까?!

하지만 친하다고 생각하는 건⋯ 나뿐이겠지?

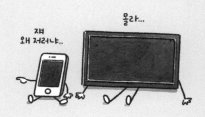

니 마음도
주워간다.

머리에
얹어놓아라.

츤데레

사전적 정의
[신조어] 많은 사람 앞에선 차가운 태도를 취하지만
좋아하는 사람에게만은 태도가 180도 바뀌는 캐릭터.

서른 살 정의
오다가 뭘 자꾸 줍는 사람.

시들기 전에
받아라.

오다가 주웠다며 건네는 아이스크림.
걷다가 주웠다며 건네는 조각 케이크.
지나가다 주웠다며 건네는 머리핀.
기다리다 주웠다며 건네는 장미 한 송이.

넌 참 재주도 좋다.
그러다 내 마음도 주워버렸거든.

오빠

사전적 정의
[명사] 같은 부모에게서 태어난 사이이거나 일가친척 가운데 항렬이 같은
      손위 남자 형제를 여동생이 이르거나 부르는 말.

서른 살 정의
라면을 스스로 끓이지 못하는 사람.

내 친구들이 놀러 올 때만 세수하는 사람.

세상 바쁘게 게임하면서 라면 끓여오라는 사람.

길에서 마주치면 가던 길을 바꾸는 사람.

방에서 꼬랑내(AKA. 홀애비 냄새) 나는 사람.

그런데 나랑 같이 살고 있는 사람.

바로 우리 오빠.

아빠

사전적 정의
[명사] 격식을 갖추지 않아도 되는 상황에서, '아버지'를 이르거나 부르는 말.

서른 살 정의
변치 않는 매력남.

세수를 할 때면 외계어를 쏟아내고
로션을 바를 때면 스스로를 야단치듯 세게 바르고
군것질 메뉴는 30년째 같은 브랜드로 동결.
가족 단체 메신저 방에선
꽃 사진 GIF 위에 '오늘도 행복하세요'를 띄우고
신세대라지만 5년 전 유행어를 쓰며
눈을 감고 있어도 텔레비전을 볼 수 있는 능력이 있는 사람
(feat. 리모콘 인질범).

아빠 분석표

이 름: 김영감

나 이: 이팔청춘

직 급: 우리 아빠

성 격: 소심 + 고집 + 다혈질

특 기: 박력 넘치게 로션 바르기

어학능력: 사투리 구사, 외계어 구사

좋아하는 간식: 비비빅, 바밤바, 맛동산, 빠다코코낫

애정템: 리모콘

애정프로: 뉴스, 인간극장

특이사항

_____

_____

"아빠 자는 거 아니다. 아까 거 틀어라."
_____

_____

_____

_____

엄마

사전적 정의
[명사] 격식을 갖추지 않아도 되는 상황에서,
'어머니'를 이르거나 부르는 말.

서른 살 정의
마주 앉은 사이.

야!
이건
오른손이지!

32

엄마랑 난 성격도 다르고
엄마랑 난 취향도 다르고
엄마랑 난 식성도 다르고
엄마는 나를 너무 모르고
우린 하나도 맞는 게 없다고 생각했지만
사실은 서로를 바라봤을 뿐.

너무 닮은 우리.
알아요. 저 엄마 많이 닮았어요.

할머니

사전적 정의

[명사] 부모의 어머니를 이르는 말.

서른 살 정의

80년 전통 코스 요리 전문 요리사.

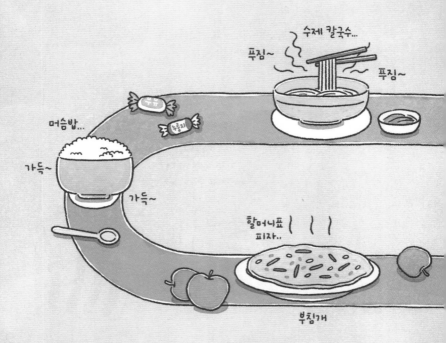

버선발로 뛰어나와 밥은 먹고 왔느냐는 안부를 시작으로
내 새끼 내 새끼 하시며 순식간에 삼시세끼를 차려오시는 할머니.
오늘도 이렇게 시작되는 할머니 표 코스 요리.

그런데 할머니….
이 코스, 혹시 순환선인가요…?

할아버지

사전적 정의
[명사] 부모의 아버지를 이르는 말.

서른 살 정의
발명왕.

쓸데없는 짓 하지 말라는 할머니 성화에도
이제는 버리라는 아빠의 만류에도
이상하다는 고모의 잔소리에도
끊임없는 노력과 집념으로
집안 곳곳에 무언가를 만드시는 할아버지.

천재는 99%의 노력과 1%의 영감으로 만들어진다는데
할아버지는 그냥 영감님인걸로….
할아버지 이제 저건 좀 갖다 버려도 되지 않을까요…?

친척들

사전적 정의

[명사] 친족과 외척을 아울러 이르는 말.

서른 살 정의

답정너 질문 투성이인 현실판 수능. 잔소리 종합반 드림팀 강사진.

취업했니 영역

남친있니 영역

얼마모았니 영역

결혼압박 영역

용돈드림 영역

살안빼니 영역

이 모든 영역을 무사히 통과할 수 있을까…?

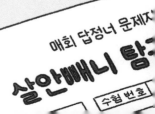

매회 답정녀 문제지

살안빼니 탐구

수험 번호

택배 아저씨 부제: 우리 문자로 이야기해요

사전적 정의
[명사] 우편물이나 물건을 배달해주는 성인 남자를 이르는 말.

서른 살 정의
스트레스를 날려버리는 심쿵남.

짜증을 동반한 출근길 지옥철 스트레스와

오전부터 팀장님께 선물 받은 업무 보따리 스트레스.

나른한 오후 3시 회의시간.

문 앞에 두고 간다는 택배 아저씨의 문자 한 통에

반쯤 감긴 부장님의 눈을 바라봐도 심장이 쿵쾅거린다.

떨리는 가슴을 안고 퇴근하게 하는

내 삶의 심쿵남 '택배 아저씨'

기다렸어요.

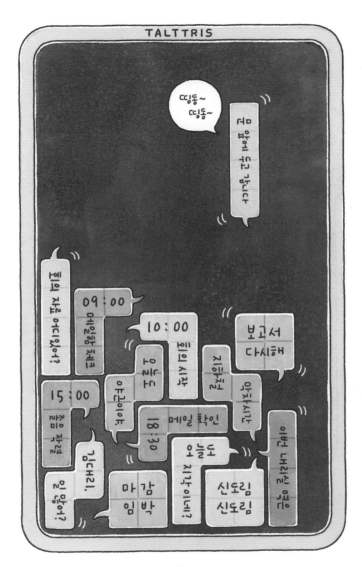

41

옆집 아줌마

사전적 정의
[명사] 옆에 있는 집의 아주머니.

서른 살 정의
프로참견러.

배달음식 먹지 마라.

술 먹지 마라.

살이 좀 찐 것 같다.

남자친구 없냐.

시집 안 가고 뭐 하냐.

부모님 걱정 안 하시냐.

명절도 아닌데 친척들을 만난 이 기분이란….

윗집 아이

사전적 정의
[명사] 위쪽에 이웃하여 있거나 지대가 높은 곳에 있는 집에 사는 아이.

서른 살 정의
미래의 이봉주.

알람보다 먼저 머리 위로 들려오는 쿵쿵쿵 소리.
퇴근하고 돌아와 드라마 볼 때면 들려오는 쿵쿵쿵 소리.
주말 오후 오랜만에 잉여롭게 쉬려고 하면 들려오는 쿵쿵쿵 소리.
이제는 밖에 있어도 쿵쿵쿵 소리가 귓가에 맴돌지만

난 괜찮아….
대신 나중에 유명한 마라토너가 되면
다 내 덕인 줄 알아….

───────── 생활편

챙기자

가방 가득 담겨 있는 잡동사니들.
빼놓은 건 없나 뒤를 돌아보고 나왔지만
오늘도 현관 앞에 두고 온 나의 정신머리.
언제쯤이면 너를 챙겨 나올 수 있을까?

이래저래 챙겨야 할 게 많아지는 나이.

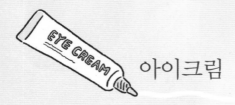

아이크림

사전적 정의
[명사] 눈가의 건조를 막기 위한 보습제.

서른 살 정의
이미 늦은 것.

누군가 눈가 주변에 난을 치기 시작.
난을 칠수록 물에 젖은 한지마냥 쭈글쭈글해지는 얼굴.
어느 순간 시작된 이 '주름의 난'에
다급히 아이크림을 발라보지만
시간이 흐를수록 동양미를 뿜어대는 나의 모습…

그래도 괜찮아!
눈가는 쭈글쭈글할지언정
내 마음은 팽팽하니까!

장난 치지마라~!

난감하겠군...

저지방 우유

사전적 정의
[명사] 보통 우유에 비하여 지방 함량이 적은 우유.

서른 살 정의
다이어터의 심心경안정제.

자고로 코코아는 고소한 우유에 타 먹어야
기분까지 달달해지고
바삭한 시리얼은 고소한 우유에 말아먹어야
호랑이 기운이 솟아난다는 걸 알면서도
나도 모르게 집어드는 저지방 우유.
이 알 수 없는 요상한 안도감에 파워 드링킹을 하며
점심으로 먹은 순댓국의 흔적을 하얗게 지워본다.

꿀꺽꿀꺽.

드라마

사전적 정의

[명사] 텔레비전 따위에서 방송되는 극.

서른 살 정의

챙겨주고 싶은 너.

저기..
나 좀 챙겨주겠니..?

정신머리

주인공들이 썸을 탈 땐 나도 같이 애간장을 타게 하고
마지막회 날이면 내 인생의 마지막인 듯 뛰게 만들고
본방사수 날엔 회사 사수보다 먼저 퇴근을.
황금 같은 주말이 빛의 속도로 사라져도

난 괜찮아.
내 정신은 못 챙겨도
넌 잊지 않고 챙길 테니.

맥주

사전적 정의
[명사] 엿기름가루를 물과 함께 가열하여 당화한 후, 홉을 넣어
　　　향과 쓴맛이 나게 한 뒤 발효하여 만드는 알코올성 음료의 하나.

서른 살 정의
베스트프렌드.

봄바람 휘날리며 흩날리는 벚꽃 잎이

울려 퍼질 이 거리를 너랑 걸었지.

하늘은 우릴 향해 열려 있었고

그리고 내 곁에는 네가 있었지.

가을이 오면 눈부신 아침 햇살에 비친

너의 거품이 아름다웠었지.

Let it go Let it go 더 이상 참지 않아!

꿀꺽~ 꿀꺽~ 캬~~

역시 넌 사계절 나의 베스트프렌드.

체력

사전적 정의

[명사] 육체적 활동을 할 수 있는 몸의 힘. 또는 질병이나 추위 따위에
대한 몸의 저항 능력.

서른 살 정의

폭풍 야근 뒤 지각하지 않고 정시출근 할 수 있는 몸의 힘.

오랜 대물림으로 납작해진 회사 의자에서

내가 거북인지 거북이가 나인지 모를 자세로 모니터를 바라보며

주기적인 상사의 잔소리를 견뎌내다

벽에 붙어 있는 시계가 벽지일지도 모른다는 생각이 들 무렵

할증택시를 타고 집에 도착한 뒤

다음날 산뜻한 상태로 정시출근을 한다면

당신의 체력은 국가대표.

생일

사전적 정의
[명사] 세상에 태어난 날. 또는 태어난 날을 기념하는 해마다의 그날.

서른 살 정의
해피 벌써데이.

바쁜 일상 때문일까
반복되는 익숙함 때문일까.
엊그제 헤어진 것 같은데 벌써 돌아온 너.
그렇다고 그냥 지나치려니
혹시라도 내가 서운할까 봐
반짝이는 풍선도 달아주고
달콤한 케이크도 챙겨주고

그리고 혹시 잊어버릴까 봐
섭섭지 않게 나이도 챙겨주는 너.

61

디저트

사전적 정의
[명사] 양식에서 식사 끝에 나오는 과자나 과일 따위의 음식.
후식이라고도 한다.

서른 살 정의
주인공.

순댓국 곱빼기가 입장을 하고
떡튀순 세트가 입장을 하고
피자 한 판이 입장을 하고
양념 반 후라이드 반이 입장을 해도
닫히지 않는 문.

아직 주인공이 도착하지 않았으니까.

팔자 주름

사전적 정의
[명사] 코를 기준으로 볼과 입가 기준에 나 있는 팔자 모양의 주름.

서른 살 정의
웃으면 복이 온댔는데.

뛰어난 미인은 아니라도
웃는 모습이 예쁘다던 칭찬들.
그 말에 힘입어
이 세상 복은 다 받을 것처럼
삼십 년간 열심히 웃어젖히다
'참 잘했어요' 도장을
입가에 받아버린 이 기분은 뭘까….

치맥

사전적 정의
[신조어] 치킨과 맥주를 합쳐 부르는 줄임말.

서른 살 정의
주말마다 내 양손에 들려 있는 것.

식전 강냉이는 기본이 두 접시.
갓 튀겨낸 고소한 후라이드와
현대인답게 따로 주문한 양념 소스.
수북이 쌓여가는 뼈만큼
거침없이 줄어드는 생맥주.

천국이 어디냐고?
지금 앉아 있잖아…
(feat. 생얼에 추리닝)

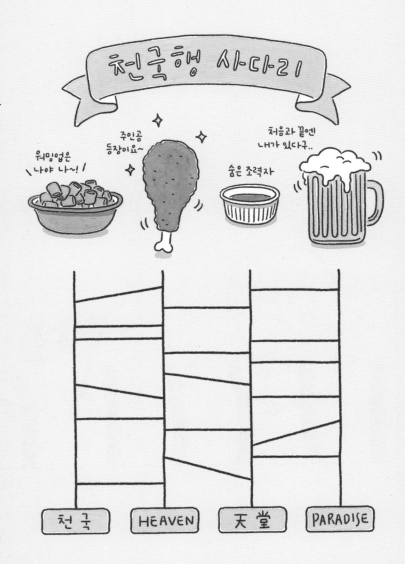

다리털

사전적 정의
[명사] 다리에 난 털.

서른 살 정의
포기를 모르는 존재.

시련을 견디면 더 강해진다는 말이
너를 두고 하는 말일까.
잠시라도 방심하면
반항이라도 하듯 까칠해져 솟아오르는 네 모습에
반바지를 입기 전
너를 쓰다듬어 본다.
제발 좀 천천히 나라.

다이어트

사전적 정의
[명사] 음식 조절. 체중을 줄이거나 건강의 증진을 위하여 제한된 식사를
하는 것을 이른다.

서른 살 정의
데자뷔.

다리 꼬기가 쉽지 않고
루즈 핏을 샀는데 이 친숙한 스키니 핏은 무엇이며
즐겁게 웃을 때마다 두 눈이 사라질 때,
내일부터 먹을 고구마와 닭 가슴살을 사다 놓고
운동복과 아령을 머리맡에 두고 잠에 들지만

그땐 왜 몰랐을까.
내가 엄청난 허언증을 앓고 있단 사실을.

청소

사전적 정의
[명사] 더럽거나 어지러운 것을 쓸고 닦아서 깨끗하게 함.

서른 살 정의
티끌 모아 내 방.

어제와 엊그제의 추억이 쌓여

오늘을 이룬 책상 위와

태산같이 쌓인 택배 박스들.

인내와 꾸준함으로 완성된 내 방을 바라보며

걱정이 태산.

'오늘내일 중에 안 치우면 엄마 등짝 스매싱 날아오겠다.'

73

아이스 아메리카노

사전적 정의
[신조어] 음료 Iced Americano.

서른 살 정의
합법적 마약.

나는 너를 잘 모른다고 생각했고

그저 다른 친구들과 만날 때 만나는 것뿐이라 여겼지만

정신 못 차리게 출근을 급히 하거나

숨이 넘어가게 야근을 할 때면

나도 모르게 너에게 향하는 발걸음.

널 만나고 온 날이면 두근거려 잠들 수 없는 걸 보니

아무래도 너한테 푹 빠진 것 같아.

지름신

사전적 정의
[신조어] 사고 싶은 게 있으면 앞뒤 가리지 않고 바로 사 버리는 사람이 믿는
　　　가상의 신.

서른 살 정의
나도 모르는 내 안에 충만한 신앙심을 체험하는 시간.

작은 소망들을 장바구니에 모아두고

월급날까지 마우스 위로 두 손 모아 기도하다

간절히 원하는 마음으로

공인인증서 번호를 누르면

총알배송에 신의 은총을 느끼며 무릎을 꿇게 되는 것.

어린이날

사전적 정의
[명사] 어린이의 지위 향상을 위하여 정한 날.

서른 살 정의
어른이들에게 더욱 필요한 날.

엄마에게 "언제 철 들래!?"라는 소리와 함께
등짝 스매싱을 맞으며 어른이 아님을 인증하고
넘치는 호기심으로 장바구니에 이것저것 담아두며
동네 친구들이랑 노는 게 제일 좋은데
내가 어른이라는 충격과 흘러버린 야속한 세월의
성장통을 이겨내기 위해 필요한 것.

어른이들이 더 푸르게 자라날 수 있게.

나 아직
어른 아닌데...

하이힐

사전적 정의
[명사] 굽이 높은 여자용 구두.

서른 살 정의
하이힐이라 쓰고 개고생이라 읽는 것.

또각또각 걸을 때마다 발바닥은 찌릿찌릿.

지각보다 무서운 깜박이는 신호등.

닫힌 하수구도 다시 보게 하는 치밀함.

내리막길엔 힐 밖으로 탈출하는 발가락들.

그럼에도 불구하고 오늘도 너와 함께 밖을 나선다.

그리고 나를 걷게 하는 힘.

대일밴드와 함께.

귀차니즘

사전적 정의
[명사] 귀찮은 일을 몹시 싫어하는 태도나 사고방식.

서른 살 정의
불치병.

얼마든지 이불에서 빠져나올 수 있고
얼마든지 바닥에서 일어설 수 있고
얼마든지 화장을 지울 수 있고
얼마든지 귀찮음도 극복할 수 있지만
얼마든지 귀찮을 수도 있으니
극복은 다음에 하는 걸로.

본능

사전적 정의
[명사] 어떤 생물 조직체가 선천적으로 하게 되어 있는 동작이나 운동.

서른 살 정의
마스카라를 바를 때 벌어지는 입.

본능적으로 지각임을 느끼며
보이는 옷을 주워 입고
아슬아슬하게 도착한 사무실에서
급한 마음에 책상 위로 꺼낸 파우치.
빛의 속도로 화장을 하고 마스카라를 바르는 순간
두 눈이 마주친 부장님.

오늘도 숨길 수 없는 본능미 폭발.

부케

사전적 정의
[명사] 주로 결혼식 때 신부가 손에 드는 작은 꽃다발.

서른 살 정의
바톤 터치.

인생이라는 긴 마라톤에서
결혼이라는 구간을 통과하는 너.
운동복 대신 원피스를
운동화 대신 하이힐을 신은 나에게
6개월 유효기간이 적힌 압박감과 함께 날아오는
부케 한 다발.

그간의 너의 스트레스를 던져버리는 것 같은 건
기분 탓이겠지?

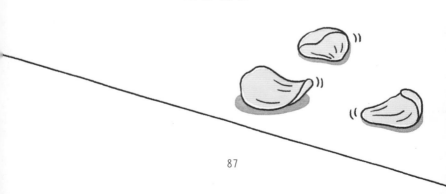

87

칼로리

사전적 정의
[의존명사] 열량의 단위.

서른 살 정의
죄수번호.

탐스러운 휘핑크림을 얹은
초코칩 프라푸치노에
부드러운 크림치즈케이크 한 조각이면
한 끼 식사를 뛰어넘는 흉악한 칼로리라지만
원수도 사랑하라 했으니
나는 너를 용서하고
사랑으로 품겠어.

너의 죄를 사하노라.
괜찮아 사랑이야.

내가
뭘 어쨌다고...

컨실러

사전적 정의
[명사] 피부 결점을 감추어 주는 화장품.

서른 살 정의
부분 포토샵.

때 아닌 사춘기에 봉긋 솟은 여드름과
점인지 기미인지 알고 싶지도 않은 잡티,
쌓이는 피로를 간직하고 있는 다크 서클
세월의 흐름을 정면으로 맞아버린 피부를
포토샵도 보정 애플리케이션도 없는 현실 속에서

감쪽같이 숨겨주는 너.

호갱님

사전적 정의
[신조어] 어수룩하여 이용하기 좋은 사람을 비유적으로 이르는 말.

서른 살 정의
나의 다른 이름.

진심을 담은 매장 언니의 말과
언젠간 입을 것만 같은 느낌.
그리고 생각할수록 파격적인 할인율.

집에 도착해 가격표를 벗기는 순간 벗겨지는 콩깍지.
이렇게 오늘도 강제 기부를 하게 된 나의 이름은
호. 갱. 님.

이러다 개명신청 할지도.

욕심

사전적 정의

[명사] 분수에 넘치게 무엇을 탐내거나 누리고자 하는 마음.

서른 살 정의

양손에 세 접시.

초밥으로 네모반듯하게 테두리를 둘러

정성껏 쌓아올린 공든 밥이 무너지랴

조심조심 내딛는 발걸음.

접시 위로 가득 담긴 욕심과

그렇게 차려진 오늘의 점심.

점심이라 쓰고 욕심이라 읽어야 할 것 같다.

다 사라지게 해줄게...

마술

사전적 정의
[명사] 재빠른 손놀림이나 여러 가지 장치, 속임수 따위를 써서
　　　불가사의한 일을 하여 보임. 또는 그런 술법이나 구경거리.

서른 살 정의
입을 옷이 없네.

줄무늬 티셔츠는 없는 것 같았는데

서랍 속 날뛰는 얼룩말들.

작년 여름에 샀던 박스티는 입어보니 쫄티.

이상하게 후줄근한 원피스들.

엊그제 내가 산 옷은 왜 예뻐 보이지 않고

매달 빠져나가는 카드 값과

눈을 의심하게 하는 통장잔고는 무엇일까.

아..
내 심장의
보검복지부장관...

98

심쿵

사전적 정의
[신조어] 심장이 쿵쾅거린다는 뜻으로 쓰이는 단어. 대개 깜짝 놀랄 만한 것을
보거나 외모가 훤칠한 사람을 볼 때 쓰는 단어다.

서른 살 정의
아무 생각 없이 텔레비전을 켰는데 박보검이 클로즈업된 경우.

엄마의 폭풍 잔소리에도

지난달 카드내역 청구서에도

이성을 마비시킬 듯한 치킨 냄새에도

평정심을 잃지 않던 내 심장이

우연히 돌린 텔레비전 프로그램에서

너의 눈, 코, 입을 본 뒤 뛰기 시작한다.

단조로운 일상 속 나만의 심폐소생술.

혼밥

사전적 정의

[신조어] 혼자 먹는 밥 또는 그런 행위.

서른 살 정의
우리 둘의 행복한 시간.

시간을 어렵게 맞추지 않아도 되고

여러 잔의 물을 떠오지 않아도 되고

젓가락 밑에 휴지를 깔지 않아도 되고

메뉴를 고르는 데 시간을 들이지 않아도 되고

남은 계란말이 한 조각에 눈치 보지 않아도 되고

남들 속도에 맞추지 않아도 되는

그저 편하게 너만 볼 수 있는 시간.

이것이 바로 우행시.

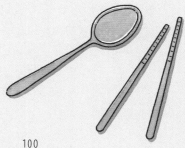

1+1

사전적 정의
[신조어] 하나를 사면 하나를 덤으로 주는 판매 방식.

서른 살 정의
고민은 사치.

고민이 길어질수록
줄어드는 행사상품.
생각할 겨를 없이 본능적으로 다가가
자연스럽게 장바구니에 담는 손놀림.
빠져나가는 금액만큼 채워지는 행복.
거기에 무료배송이면 뿌듯함은 덤.

고민은 결제 후에 하는 걸로.

직구

사전적 정의
[신조어] '직접 구매'의 줄임말. 보통 해외 온라인 사이트를 통해
직접 물품을 구매하는 행위.

서른 살 정의
탐험가.

너를 만질 수도 볼 수도 없는 이곳에서
하루라도 빨리 너를 만나고 싶은 마음에
서툴지만 설레는 이 마음을
구글 번역기와 크롬을 돌려가며
누구보다 빠르게 남들과는 다르게
아마존 열대우림에서 너를 찾아낸다.

쇼핑

사전적 정의
[명사] 물건을 사러 백화점이나 상점에 가는 일.

서른 살 정의
쇼: 쇼핑에
핑: 핑계란 없다.

월요일 지옥철 출근길이더라도

부장님 옆자리가 내 자리더라도

밤낮 없는 야근에 지치더라도

불금과 함께 체력도 불태웠더라도

주말 아침마다 귀차니즘이 찾아오더라도

쌓여가는 박스 뒤로 엄마의 잔소리가 쏟아지더라도

그 무엇도 날 막을 수 없어.

성형수술

사전적 정의
[의학] 상해 또는 선천적 기형으로 인한 인체의 변형이나 미관상 보기 흉한
　　　신체 일부를 외과적으로 교정, 회복시키는 수술.

서른 살 정의
나에게 가장 필요한 것.

눈을 키우듯 꿈을 키우고

코를 높이듯 자존감을 높이고

가슴을 넓히듯 마음을 넓히고

부기를 빼듯 편견은 빼고

흉터가 아물듯 상처도 아무는

어쩌면

정말 고치고 싶은 곳은

내 마음이 아닐까?

브런치

사전적 정의
[명사] 아침을 겸하여 먹는 점심 식사.

서른 살 정의
아침과 점심 사이에 만나는 소소한 행복.

친숙한 재료에 익숙하진 않은 가격이지만
햇빛 화창한 이 시간에
한적한 거리의 풍경을 감상하면서
여유롭게 친구들과 수다를 떤다는 것.

어쩌면 우리가 맛보고 싶은 건
브런치보다 이 소소한 여유였던 건 아닐까?

홈쇼핑

사전적 정의
[경제] 구매자가 집에서 텔레비전, 상품 안내서, 인터넷 따위를 보고
　　　　상품을 골라 전화나 인터넷을 통하여 사는 통신 판매 방식.

서른 살 정의
내 인내심도 매진임박.

귀에 쏙쏙 박히는 설명과

즐비하게 늘어 놓아 뭔가 알차 보이는 구성.

넋을 놓고 보게 하는 비포 & 애프터 사진과 영상.

뭔가 특별할 것 같은 한정 판매와 타임 세일.

번쩍번쩍하는 매진임박 문구를 보고 있자니

내 마음도 쿵쾅거린다.

이것이 바로 집으로 찾아오는 지름신…

상담전화
080-828-8282

○○카드 + 자동주문시
30,000원 × 무3

멍 때리기

사전적 정의
[신조어] 정신이 나간 것처럼 아무 반응이 없는 상태.

서른 살 정의
충전시간.

아무것도 안 하고
아무 생각도 안 하는 모습이
가끔은 바보 같아 보이고
시간 낭비하는 것 같아 보일지 몰라도
가만히 앉아 햇볕을 쬐며
하늘 위로 자라나는 나무들처럼
나도 그렇게 자라나는 중.

혼술

사전적 정의
[신조어] 혼자 마시는 술, 또는 그런 행위.

서른 살 정의
나와의 대화.

때론 맥주에 일상을 안주 삼아 소소한 행복을
때론 소주에 고민을 안주 삼아 한잔의 위로를

씁쓰름한 듯 따뜻하게 마음을 쓰담는 한잔.
그리고 술잔을 기울이듯
나에게 귀 기울이는 이 시간.

혼술의 시간.

꿈

사전적 정의
[명사] 실현하고 싶은 희망이나 이상. 혹은 실현될 가능성이 아주 적거나 전혀 없는
　　　헛된 기대나 생각.

서른 살 정의
실현 가능한 불가능.

밤 열한 시에 치킨을 먹어도 살이 안찌기를

화장을 한 이 얼굴이 내 얼굴이기를

운동을 안 해도 군살 없는 몸매이기를

지갑 속 카드들이 마르지 않기를

엊그제 산 로또가 당첨이 되기를

그리고

지금 보는 드라마 속 주인공의 남친이

내 남친이기를 꿈꿔본다.

안 생겨요..

놀이터

사전적 정의
[명사] 주로 아이들이 놀이를 하는 곳.

서른 살 정의
어른들의 아지트.

철부지 대학시절, 술에 취해 누비던 정글짐.
남자친구와 헤어진 뒤 눈물로 흔들던 그네.
모래밭을 데스노트 삼아
부장님의 이름을 끄적거리는 퇴근길.

어린이들에겐 즐거움을
어른이들에겐 위로를 주는
나만의 아지트.

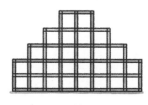

달력

사전적 정의

[명사] 1년 가운데 달, 날, 요일, 이십사절기, 행사일 따위의 사항을
날짜에 따라 적어 놓은 것.

서른 살 정의

보고 싶은 볼 빨간 네 얼굴.

두근-

두근-

너와 함께 건너고 싶은 징검다리.
너와 함께 먹고 싶은 샌드위치.
함께하고 싶은 내 마음을 너도 아는지
수줍게 얼굴을 붉히고 있구나.
오늘도 너를 만날 날을 기다리며
하루를 힘내본다.

탕진잼

사전적 정의
[신조어] 소소하게 탕진하는 재미를 일컫는 말.

서른 살 정의
세상에서 제일 맛있는 잼.

말라비틀어진 바게트에도
딱딱해진 베이글에도
눅눅해진 식빵에도
심심한 일상에도
탕진잼을 발라봐.

달콤함에 몸 둘 바를 모를 테니까.

몸무게

사전적 정의
[명사] 몸의 무게.

서른 살 정의
지구정복 카운팅.

양념 반 후라이드 반 치킨과
오랜 소울메이트 떡볶이,
영롱한 치즈로 휘감긴 피자와
두툼한 햄버거 그리고 포기할 수 없는 감자튀김.
새벽을 향해 부지런히 움직이는 시곗바늘과
부지런히 움직이는 나의 손놀림.

그렇게 오늘도 나는 지구정복 중.

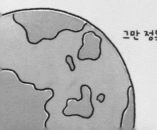

그만 정복해...

혼잣말

사전적 정의
[명사] 말을 하는 상대가 없어 혼자서 하는 말.

서른 살 정의
칭찬이 그리워 가끔 스스로에게 하는 말.

이리 치이고 저리 치이지만
명색이 '어른'이기에
참고 또 참아 집에 들어오는 날이면
어김없이 쏟아지는 혼잣말.
혼잣말을 많이 한다는 건,
아무도 알려주지 않은 서른 살을 견디기 위해
나만의 말상대를 만들어가는 게 아닐까…?

회사편

어른의 삶

꿈을 바라보던 나의 청춘은
월급날만 바라보게 되었고
용감무쌍한 나의 버킷리스트엔
칼퇴가 추가된 오늘.
어린 시절 아빠가 퇴근 후 현관문을 열자마자
두 팔을 벌렸던 이유를
조금씩 알아가는 어른의 삶.

어렵구나.
어른이 된다는 것은.

상사

사전적 정의
[명사] 자기보다 벼슬이나 지위가 위인 사람.

서른 살 정의
상상만으로도 심장을 뛰게 하는 사람.

늦은 밤, 자다가도 생각이 나고
커피를 살 땐 두 잔을 사야 할 것만 같고
그대가 먹고 싶은 점심메뉴는
나도 갑자기 먹고 싶었던 것 같고
혹시라도 주말에 연락이 오면
가슴이 철렁 내려앉게 하는 그대.

-'상사병' 초기 증세.

회의

사전적 정의
[명사] 여럿이 모여 의논함. 또는 그런 모임.

서른 살 정의
사공이 많은 배.

열심히 노를 젓는 과장님과 부장님 덕에
배를 탔지만 눈앞에 언덕이 보이는 기적을 체험하는 지금.
점점 산으로 향하는 뱃머리를 보며
배 멀미를 부여잡고 회의를 하지만
열심히 회의를 할수록
이상하게 회의감이 드는 건
기분 탓이겠지?

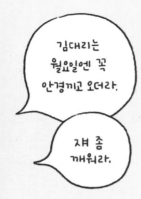

김대리는
월요일엔 꼭
안경끼고 오너라.

쟤 좀
깨워라.

월요일 회의

사전적 정의
[명사] 월요일에 여럿이 모여 의논하는 모임.
서른 살 정의
두 눈 뜨고 있는 것만으로도 성공하는 것.

한 손엔 생맥주, 한 손엔 치킨을 쥐고 있던 손에

한 손엔 연필, 한 손엔 의식의 끈을 쥐곤

불태운 주말의 잿더미가 잔뜩 쌓여있는 눈두덩을

겨우겨우 들어 올리며 어제의 후유증을 해소하는 월요일 회의 시간.

안경까지 끼고 온 나의 치밀함을 아무도 몰라야 하는데….

금요일 회의

사전적 정의

[명사] 금요일에 여럿이 모여 의논하는 모임.

서른 살 정의

일단 신남.

팀장님도 못 깨울 정신을
아메리카노로 깨우더라도
부장님 옆자리를 피해 앉는다는 게
사장님 옆자리에 앉아버렸더라도
보고서를 띄운다는 걸
최신 영화를 띄우더라도

일단 신남! 쫌 있으면 퇴근해요!

야근주의 　칼퇴사수

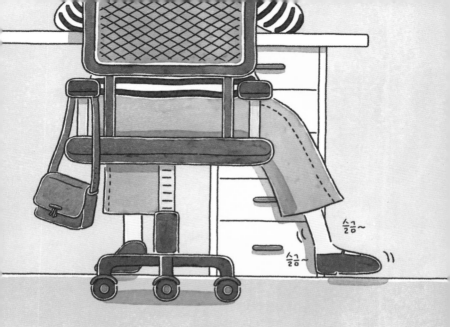

슬금~

슬금~

퇴근시간

사전적 정의

[명사] 업무를 마치고 귀가하는 시간.

서른 살 정의

학창시절, 급식시간 5분 전의 업그레이드 버전.

몸은 출입구를 향해 돌아가 있고
야무지게 신발을 신은 한쪽 발은
책상 밖으로 튀어나가 있고
피난길 보따리마냥 가방도 소중히 싸두었지만

시계를 보는 순간.
시간은 급격히 가지 않는 상태.

야근

사전적 정의
[명사] 초과근무, 퇴근 시간이 지나 밤늦게까지 하는 근무. '밤일'로 순화.

서른 살 정의
내 인내심과 체력의 막차시간.

세상에서 영원히 지켜질 수 없는 두 가지.

그것은 출근시간과 퇴근시간.

이른 아침 새벽별보고 나와 늦은 저녁별을 보며 집으로 돌아가는 길.

어두워진 퇴근길보다 무서운 건

뛰어도 의미 없는 막차시간과 공포의 할증 요금.

더 무서운 건 몇 시간 뒤,

또 이곳에 와야 한다는 것.

회식

사전적 정의
[명사] 여러 사람이 모여 함께 음식을 먹음. 또는 그런 모임.

서른 살 정의
부장님만 신나는 날.

치맥 대신 소맥을
다이어트 대신 삼겹살을
향수 대신 페브리즈를
가방 대신 탬버린을
막차 대신 3차를 가야 하는 날.
자신 있게 법인카드를 긁는 부장님.
아, 내 속도 긁는구나.

저도 돈 있어요. 그러니 저녁 시간을 주세요. 차라리.

아무것도 모르겠지만 오늘밤 야식메뉴가 뭔지는 알겠어...

진로

사전적 정의
[명사] 앞으로 나아갈 길.

서른 살 정의
자소서와 면접을 통과한 뒤 연봉 협상까지 마친 곳.

내가 왜 이 시간에,

이곳에서 야근을 해야 하는지

도무지 설득이 되지 않는 이 상황을 벗어나기 위해 제일 필요한 것.

진로탐색의 시간은 대학진학을 앞두고서 필요한 것이 아니라

아마도 지금 나에게 가장 필요한 것이 아닐까 하지만.

한 치의 망설임도 없이

야식을 주문하는 나의 모습이 오늘도 너무나 익숙하다.

월요일

사전적 정의
[명사] 한 주가 시작하는 기준이 되는 날.

서른 살 정의
한 주의 병이 발병하는 기준이 되는 날.

신은 6일 동안 이 세상을 만들고
7일째 쉬었다고 하지만

만약 8일째에도 세상을 만들어야 했다면
아마도 이 세상은 만들어지지 않았을지도 몰라.

151

불금

사전적 정의
[신조어] 불타는 금요일을 줄여서 말하는 것. 쉴 수 있는 주말을
　　　　기대하는 금요일을 지칭하는 단어다.

서른 살 정의
하루를 불태우기엔 이젠 내 체력이 모자란 날.

월요병의 후유증을 날려버리기 위해
오늘 밤 불태울 계획을 하며 열일하고 있지만
이상하게 민낯에 똥머리, 다 늘어진 추리닝을 입고
과자나 먹으면서 새벽까지 텔레비전이나 보다
잠들고 싶은 건 뭘까…?

불: 불이 붙어봤자
금: 금방 꺼지겠지 뭐….

포스트잇

사전적 정의
[외래어] 접착식 메모지.

서른 살 정의
나의 단기 기억저장소.

다이어리에 적어놓자니 굳이 펼쳐야 하고
핸드폰에 적어놓자니 SNS나 구경하고 있는 나를 위해
적절한 곳에 붙여놓는 단기 기억저장소.
하지만 끈끈이가 약할 경우
팀장님의 하루까지
통째로 날아갈 수 있다는 것이 함정.

경건한 마음으로
식기 전에 어여들어~

너희는 먼저 그 다리와 날개를 구하라.
(치킨복음 1장 1절)

치느님치킨
GOD CHICKEN

우리도 왔어,
아주 많이..

야식

사전적 정의
[명사] 저녁밥을 먹고 난 한참 뒤 밤중에 먹는 음식.

서른 살 정의
야식이라 쓰고 죄의식이라 읽지만 일단 먹고 보는 것.

야심한 새벽.
주문을 외듯 양념 반 후라이드 반, 무 많이를 시킨 뒤
한 손엔 카드를 쥐고 현관문만 바라본 뒤 얼마 후 영접한 '치느님'
영롱한 야식에 흥분하지만 비닐장갑을 낌과 동시에 밀려오는 죄의식…
죄의식을 맛보며 동생한테 외쳐본다.

야: 야!
식: 식기 전에 먹자.

할부

사전적 정의
[명사] 돈을 여러 번에 나누어 냄.

서른 살 정의
썰물.

사조에서 갚아조로 될 때
통장의 잔고가 낮아지면서 빠져나가는 현상으로
소중한 친구와 함께하는 시간이 길어질수록
더 길게 빠져나가는 월급의 이동.
빠져나간 자리에는
이별의 흔적과 할부고지서 뿐.

할: 할 수 없지.
부: 부지런히 일하는 수밖에.

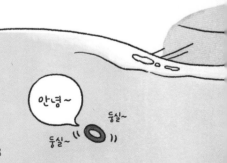

금요일

사전적 정의
[명사] 월요일을 기준으로 한 주의 다섯째 날.

서른 살 정의
아싸! 금요일이닭!

금: 금요일엔

요: 요 근처에서

일: 일인일닭.

금요일을 가장 정확하게 표현하고 실천하는 방법.

금요일만
1인1닭인거
아니잖아..

스트레스

사전적 정의
[명사] 적응하기 어려운 환경에 처할 때 느끼는 심리적·신체적 긴장 상태.

서른 살 정의
개근생.

꾸물꾸물한 하늘의 장맛비와 꾸불꾸불한 머리카락.

우산 위로 흘러내리는 빗방울과

얼굴 위로 흘러내리는 메이크업.

발가락 틈으로 허락 없이 쳐들어온 모래들.

사무실을 가득 메운 꿉꿉한 부장님 냄새.

시곗바늘은 아직도 9시.

심지어 월요일.

이거 실화냐.

비가 오나 눈이 오나

결석이란 없는 너의 이름은 스트레스.

마감

사전적 정의
[명사] 하던 일을 마물러서 끝냄. 또는 그런 때, 정해진 기한의 끝.

서른 살 정의
야근 인생.

점심을 먹던 중에 협력업체에서 날 데리러 오거든
깍두기가 남았으니 못 간다고 전해라.
퇴근길에 사무실에서 날 데리러 오거든
저녁 먹고 들어갈 테니 재촉 말라 전해라.
토요일에 메신저에서 날 데리러 오거든
월요일에 바로 할 테니 못 간다고 전해라.
새벽부터 메일함에서 날 데리러 오거든
나는 이미 책상 앞에 와 있다고 전해라.

165

내 책상

사전적 정의
[명사] 앉아서 책을 읽거나 글을 쓰거나 사무를 보거나 할 때에 앞에 놓고 쓰는 상.

서른 살 정의
비무장지대.

연필꽂이에 꽂힌 나무젓가락에서 어제의 야근이 풍겨지고
쌓여있는 테이크아웃컵이 울창한 숲을 이루고
꽉 찬 휴지통에서 게으름이 피어나고
모니터 위론 하얗게 내린 먼지가 소복이 쌓여 있고
어제의 밀린 업무가 고스란히 보존되어 있는
결재의 손길이 닿지 않은 서류들이 숨 쉬는 곳.

모니터

사전적 정의
[외래어] 텔레비전·컴퓨터의 화면.

서른 살 정의
난 너만 바라봐.

매일매일 하루 열 시간도 넘게
한눈 안 팔고 너만 바라보는데
불편을 끼쳐드려 죄송하다는 쪽지 한 장과
런타임 오류만 남기고 사라져버리면
내 퇴근도 사라져버리잖니.

제발….
너도 나만 바라봐 줘.

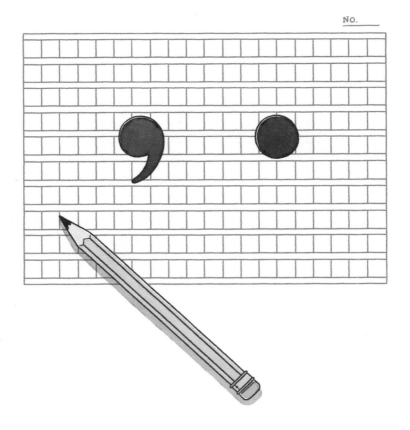

사표

사전적 정의
[명사] 직책에서 사임하겠다는 뜻을 적어 내는 문서.

서른 살 정의
쉼표 혹은 마침표.

띄어쓰기 없이 쏟아지는 업무와

줄 바꿈 없이 이어지는 야근.

앞뒤가 맞지 않은 부장님과

출근시간만 칼 같은 맞춤법.

지친 마음에 쉼표를 찍어보지만

혹시라도 마침표가 될까

일단 접어두는 가슴 속 원고지.

A4 용지

사전적 정의
[명사] 210 x 297mm 비율의 종이.

서른 살 정의
어느 순간 다 사라져 있는 것.

오전 회의 시간엔 낙서용으로 한 장.

오후 3시 간식으로 과자 나눠 줄 때 한 장.

점심시간 부재중 메모용으로 한 장.

야근할 땐 배달음식 깔개로 한 장.

그렇게 사라지는 한 장 한 장과

점점 채워지는 사장님의 잔소리…

워크숍

사전적 정의

[명사] workshop. 기업이나 기관 등에서 연구 및 아이디어 등을 교환하기 위해
   진행하는 세미나를 뜻함.

서른 살 정의

추가 근무.

마음을 뭉치려다 어깨가 뭉치고

서로의 진심을 보려다 눈치를 보고

신뢰를 쌓으려다 술병이 쌓이고

애사심이 솟으려다 혈압이 솟고

의지를 태우려다 고기를 태우고

마음을 열려다 식욕이 열리고

몸과 마음을 힐링하려다 킬링 당하고 오는 것.

탕비실

사전적 정의

[명사] 차 끓이는 곳을 일컫던 곳. 순화어인 '준비실'이나, 다양한 용도로
사용할 수 있도록 설계되어 있는 방을 이르는 '다용도실'과 같은
단어를 참고할 수 있음.

서른 살 정의

폭풍성장의 비밀.

괜히 초코파이 한 봉.

괜히 라테 한 잔.

괜히 젤리 한 봉.

괜히 요구르트 한 개.

줄어드는 간식들과

늘어나는 허리둘레.

나를 성장시키는 회사의 비밀.

바로 탕비실.

냉장고

사전적 정의
[명사] 식품이나 약품 따위를 차게 하거나 부패하지 않도록
저온에서 보관하기 위한 상자 모양의 장치.

서른 살 정의
불펌 금지.

나도 모르게 단출하게 줄어 있는 초콜릿과
나도 모르게 사라져 버린 아이스크림.
나도 모르게 가벼워진 오렌지 주스와
나도 모르게 장까지 살아서 간 요플레…

요즘 따라 내꺼인 듯 내꺼 아닌 내꺼 같은 너희들과
허락 없이 퍼가는 님들 때문에
간식에도 사원증을 달아 놓을 기세.

인간적으로 먹었으면 좀 채워놓기라도 하든가요.

오후 3시

사전적 정의
[명사] 오후 3시

서른 살 정의
바른생활

걸어가는 부장님에게 꾸벅.

비어있는 차장님 의자에게 꾸벅.

열 받은 팀장님에게 꾸벅.

지나가는 신입사원에게 꾸벅.

날아가는 똥파리에게 꾸벅.

오늘도 예의 바른 김 대리.

커피

사전적 정의
[명사] 커피나무의 열매를 볶아서 간 가루.

서른 살 정의
탄피 전쟁 속 탄피 같은 존재.

믹스커피든

아메리카노든

캔 커피든

커피사탕이든

살고 싶으면 모두들 챙기라구.

지금 대표님이 회의실로 모이랬단 말이지.

화장실

사전적 정의
[명사] '변소'를 달리 이르는 말.

서른 살 정의
각종 소문의 근원지.

흘려보내는 물처럼

그렇게 소문도 흘러나가는 곳.

낮말은 부장님이 듣고

밤말은 팀장님이 들으니

자나 깨나 음소거 모드.

일 보러왔다

감당 못 할 일을 보게 될지도 모르니까.

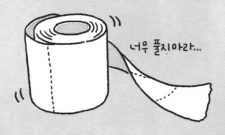

너무 풀지마라...

186

경비 아저씨

지자

사전적 정의
[명사] 경비의 임무를 맡은 사람.

서른 살 정의
야근의 숨은 동반자.

당신은 나의 동반자.
영원한 나의 동반자.
우리 층에 최고의 선물
당신의 순찰이었어.
칼퇴를 못하는 건 타고난 팔자지만
당신만을 사랑해요.
영원한 동반자여-

여행 편

만병통치약

이불 속에 갇히고 싶은 월요병.
엉덩이가 들썩거리는 금요일 밤.

공휴일 없는 이번 달.
이유 없이 힘이 없을 때면
주섬주섬 꺼내보는 만병통치약.

어디에서 썼는지도 모를 영수증들과
주섬주섬 챙겨온
병뚜껑들, 엽서들, 자석들 투성이지만

개똥도 약에 쓸 때가 있다고 하니까
오늘도 버리지 않고 모아둡니다.

스탬프로
꼭 채워야지~

세상에서
제일 행복한 사육.

추억도 꼭 꼭
담아 와야지~

찰칵-

192

여행

사전적 정의
[명사] 일이나 유람을 목적으로 다른 고장이나 외국에 가는 일.

서른 살 정의
여: 여기에
행: 행복이 있네.

이곳저곳 어지럽게 찍혀 있는 여권 스탬프와
도저히 인정하고 싶지 않은 여권 사진.
시원 쌀쌀한 공항 복도를 누비는 내 낡은 캐리어와
좁디좁은 의자에서 친절하게 사육되는 기내식 타임.
사진마다 촌스러운 손가락 브이 사진이며
어제 오늘을 알 수 없는 단벌신사라도
생각만으로도 가슴 떨리고
생각했던 것만큼 가슴 떨리는 일.

그게 바로 여행.

찰칵-

휴가

사전적 정의

[명사] 직장 · 학교 · 군대 따위의 단체에서, 일정한 기간 동안 쉬는 일.

서른 살 정의
눈치게임.

팀장님도 안 가시고,

과장님도 안 가시고,

부장님도 안 가시고,

차장님도 안 가시는 날을

달력 속에서 뒤적거리며

쌓여있는 업무들도 뒤적거려 본다.

휴: 휴….

가: 가지 말까?

인천공항

사전적 정의
[같은 말] 인천광역시 중구에 있는 국제공항.

서른 살 정의
기다림 속에서도 설렘이 피어나는 곳.

늘어진 체크인 라인에 있어도
마음은 이미 하늘 위로 체크인.
딱히 할 일 없이 돌아다녀도 바쁜 발걸음.
비행기 날개와 짐짝뿐인 창 밖 풍경도 최고의 전망.
배가 불러도 두 번 먹을 기내식에 솟아나는 식욕.

도착만으로도 엔도르핀이 샘솟고
존재만으로도 두근거리는 이곳.

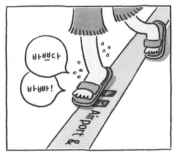

출국 수속

사전적 정의
[명사] 나라의 국경 밖으로 나가기 전 거치는 단계.

서른 살 정의
누구보다 빠르게 남들과는 달라야 하는 것.

재빨리 데스크를 찾아 체크인을 하고

설날 세뱃돈 받듯이 소중하게 티켓을 받아들고

아직은 홀쭉한 캐리어를 회전초밥 판 위에 띄우듯 올려주며

두근거리는 내 마음을 X-ray에도 찍어 준 뒤

여권노트에 찍어주는 '참 잘 했어요' 도장을 들곤

게이트 근처 커피숍에서 커피 한잔의 여유를 만끽하는 것.

두근거리는
내 마음까지
보이나요?

면세점

사전적 정의
[명사] 외화 획득이나 외국인 여행자의 편의를 도모하기 위하여
공항 대합실이나 시중에 설치한 비과세 상점.

서른 살 정의
글로벌 지름신이 강림하는 곳.

면제된 세금만큼이나 망설임도 면제되는 이곳.

고민할 겨를 없이 만년 장바구니행이었던 애정템들을 쓸어 담아

양손 가득 들고 비행기에 오르는 순간.

내가 여행을 가려고 온 건지

면세점을 가려고 온 건지 알 수 없지만

지름신의 비과세 은총의 따스함을 느끼는 이곳.

티켓팅

사전적 정의
[외래어] ticketing , 매표.

서른 살 정의
천국행 티켓.

99%의 인내와 1%의 지름으로 완성되는
나의 천국행 티켓.
빠른 세월이 야속하다지만
당분간은 좀 더 빨랐으면 하는 작은 바람과
너를 품에 안으니 너그러워지는 내 마음.

오늘은
팀장님의 잔소리도 품을 수 있을 것 같아….

204

기내식

사전적 정의
[명사] 비행기 안에서 승객이나 승무원에게 제공되는 식사, 음료수, 간식
　　　따위를 이르는 말.

서른 살 정의
사육시간.

잠깐 잠을 자다 눈을 뜨면
눈앞에 놓인 7첩 반상.
잠깐 영화보다 이어폰을 빼면
눈앞에 놓인 7첩 반상.

배부르다 하면서도 빛의 속도로 흡입한 뒤
내심 다음 7첩 반상을 기대하며 눈을 붙이는 내 모습이란….

이것이 진정한 사육.

스튜어디스

사전적 정의
[명사] 여객기나 여객선에서 승객을 돌보는 승무원.

서른 살 정의
엄마라고 부르고 싶은 사람.

조심하라고 당부도 해주고

무거운 가방도 올려주고

추울 땐 이불도 덮어주고

배고플까 봐 먹을 것도 가져다주고

먹고 싶은 건 없는지 물어봐주고

도착했으면 일어나라고 깨워주고

어… 엄마…?

기념품

사전적 정의
[명사] 기념으로 주거나 사는 물품.

서른 살 정의
여행의 증표.

대부분의 현관문이 번호 키라는 걸 알면서도

냉장고엔 치킨 집 자석 쿠폰이 더 많이 붙어 있다는 걸 알면서도

양손 한가득 들려 있는

에펠탑 열쇠고리와 몽마르트 냉장고 자석.

대단하지도, 딱히 쓸 일도 없지만

즐거운 여행의 기억을 추억하는 증표.

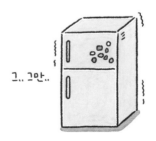

ㄱ.. ㄱ만..

가족 선물

사전적 정의
[명사] 가족에게 주는 선물.

서른 살 정의
결국엔 다 내 거.

아빠에겐 고급 양주를
엄마에겐 실크스카프를
언니에겐 유명 마스크팩을
남동생에겐 초콜릿과 과자 꾸러미를 준다.
그리곤 실크스카프를 둘러매고 나간 뒤,
집에 들어와선 초콜릿과 과자를 까먹다
주방 선반에 있던 양주 한 모금을 홀짝 마신 후
마스크팩을 붙이고 잠드는 나.

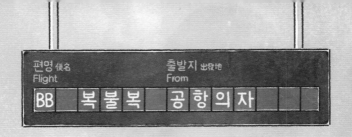

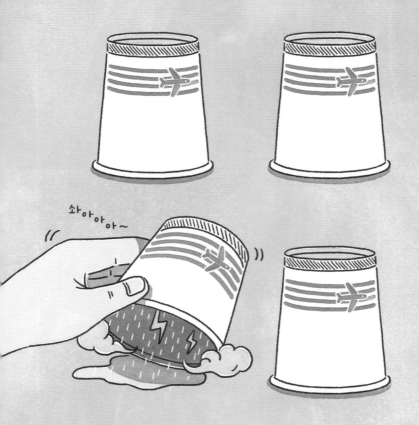

딜레이

사전적 정의
[외래어] delay
1. 지연, 지체
2. 미룸, 연기

서른 살 정의
자칫하다 현실판 야외 취침.

도착하자마자 상쾌한 아침을 맞이하려고
치밀한 계획으로 예약한 밤비행기.
하지만 내가 떠나는 게 슬픈지
오열하는 하늘 덕분에
공항 대기석에서의 강제 야외 취침.

하늘아 그만 울어
정말 울고 싶은 건 나니까.

어서와,
야외 취침은
처음이지?

캔슬

사전적 정의

[외래어] cancel. 말소, 상쇄, 취소의 뜻을 지님.

서른 살 정의

캔: 캔두잇

슬: 슬퍼 말아요.

파격특가에 득템한 너와의 만남을 기대하며

야근도 주말출근도 견뎌냈건만

헤어지자는 너의 갑작스런 통보.

하늘이 무너질 것만 같은 슬픔이 밀려오지만

공인인증서를 설치하고

땡처리 티켓 창을 열어본다.

널 향한 마음에 포기란 없으니까.

잘 찾아보자...

비행기

사전적 정의
[명사] 동력으로 프로펠러를 돌리거나
연소 가스를 내뿜는 힘에 의하여 생기는
양력을 이용하여 공중으로 떠서 날아다니는 항공기.

서른 살 정의
나의 꿈에 날개를 달아주는 것.

무거운 쇳덩이지만 나에겐 커다란 종이비행기.
그저 작은 창문이지만 나에겐 추억을 담은 작은 액자.
이륙의 덜컹거림도 나에겐 두근거림.

날아오릅니다. 나의 꿈이.
꼭 잡으세요. 나의 꿈을.

218

퍼스트클래스

사전적 정의
[외래어] 일등석이라고도 하며,
　　　　철도 교통, 비행기 등에서 최상급 객석이다.

서른 살 정의
언젠간 경험해 보고 싶은 곳.

하늘에서도 조간신문을 받아볼 수 있고
두 다리 뻗고 안마를 받을 수 있고
화장실 편의용품이 명품이고
급식 같은 기내식이 코스 요리로 나오고
사기그릇에 라면이 나오는 곳.

야, 이거 사기 아니냐.

지도

사전적 정의
[명사] 지구 표면의 상태를 일정한 비율로 줄여,
이를 약속된 기호로 평면에 나타낸 그림.

서른 살 정의
이미 행복할 '지도.'

Famous place

가벼운 일탈이래도 소소한 꿈이래도 좋아.

이곳엔 내가 바라던 행복이 있을 것 같아

낯설지만 반가운 너를 펼쳐들곤

향긋한 빵 냄새에 이끌려

구불거리는 골목길도 서슴없이 들어가고

행여나 행복이 그려져 있을까

숨은 지름길을 지나 미술관도 찾아보지만

쉽게 보이지 않는 나의 행복.

하지만 어쩌면 이미 찾았을지도 몰라.

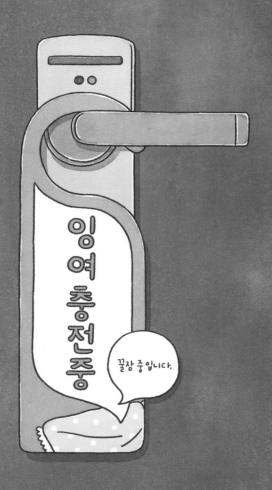

호텔

사전적 정의
[명사] 비교적 규모가 큰 서양식 고급 여관.

서른 살 정의
여행의 내조.

시내는 가까운지
조식은 맛있는지
위생은 청결한지
침대는 폭신한지
가격은 적당한지

있는 시간에 비해 너무 많은 고민을 해야 하지만
잉여로운 저녁과 꿀잠을 위해 포기할 수 없는 것.

즐거운 여행은
다 내 덕분인 줄 알아...

여행 친구

사전적 정의
[명사] 여행을 같이 가는 가까운 관계의 사람.

서른 살 정의
조미료.

싱거운 음식엔 매콤함을 더하고
심심한 음식엔 감칠맛을 더하듯
외로운 여행엔 달콤함을 더하고
허전한 여행엔 즐거움을 더할
여행이라는 요리의 필수 아이템.
간을 맞추듯 여행의 행복을 맞춰가는 사이
깊어가는 우리의 우정.

그렇게 완성되어가는 맛있는 여행.

추억

사전적 정의

[명사] 지나간 일을 돌이켜 생각함. 또는 그런 생각이나 일.

서른 살 정의

꿀단지.

기분이 우울할 때 한 스푼.

회사 가기 싫을 때 한 스푼.

팀장님의 잔소리에 한 스푼.

엄마랑 싸우고 나서 한 스푼.

잠들지 못하는 밤에 한 스푼.

꿀벌처럼 열심히 일만 하는 씁쓸하고 답답한 일상 속에서

힘이 되는 달달한 한 스푼.

그것은 여행의 추억.

아.. 행복하당..

빡침

사전적 정의

[신조어] '화나다, 짜증나다, 어이없게 화나다, 어이없게 짜증나다'
라는 뜻이다.

서른 살 정의

내가 가면 휴관일. 내가 가면 공사 중.

부푼 기대를 안고 새벽부터 일어나 부지런히 출발해

목적지에 도착했건만

풍경이 예술이라는 정상에는

안개가 예술적으로 뒤덮여 있고

햇살이 쏟아진다는 공원에는 장대비가 쏟아지고

그 와중에 미술관은 휴관일, 박물관은 공사 중.

하, 이거 몰래 카메라냐?

외로움

사전적 정의
[명사] 홀로 되어 쓸쓸한 마음이나 느낌.

서른 살 정의
그날의 외로움, 오늘은 그리움.

두근거리는 설렘의 즐거움도
혼자를 만끽하는 자유로움도
입맛을 사로잡은 로컬음식의 놀라움도
시선을 뗄 수 없는 풍경의 아름다움도
외로움과 늘 함께였지만
그래도 괜찮아.

이 외로움도 돌아가면 그리울 테니까.

하.. 그립다...

한국어

사전적 정의
[명사] 한국인이 사용하는 언어.

서른 살 정의
사이다.

몇 날 며칠을 버터에 치즈 얹은 고구마만 먹다
슬슬 느끼하고 목이 막혀올 때 즈음
어디선가 들리는 사이다 여는 소리.
코가 터질 것 같은 트림이 반갑진 않지만
사이다 한 모금에 답답했던 속이 뻥 뚫린 기분.

알아들을 수 없는 답답한 여행길에서
어디선가 들리는 한국어가 바로 이런 것 아닐까?

한국 음식

사전적 정의
[명사] 한국 고유의 음식.

서른 살 정의
비상약.

에펠탑 앞에서 버터 풍미 가득한 크루아상을 먹어도
콜로세움을 바라보며 노릇한 화덕피자를 먹어도
뉴요커 사이에서 두툼한 수제버거를 먹어도
도쿄 골목길에서 탱글탱글한 초밥을 먹어도
이상하게 행복하지 않을 때
꺼내보는 비상약.
행복이 솔~솔~

라면에 햇반이죠.

오버차지

사전적 정의

[외래어] 적하 초과 積荷超過, 초과 적재 超過積載

서른 살 정의

더하기, 빼기, 나누기, 버리기.

이별의 아쉬움을 가득 채운 캐리어 덕분에

낯선 공항 바닥에서 열리는 캐리어와 나의 지갑.

갑작스러운 강제 오픈 마인드에 당황하며

콩나물 옮겨 담듯 작은 배낭으로 나누는 기념품들.

하지만 나눌 수 없는 부끄러움은 왜 내 몫인가.

그렇게 배 속으로 버려지는 초콜릿들.

오버차지 때문에 본의 아니게 공항 바닥은 내 차지.

자 여기서 짐 다시 싸자.

238

로망

사전적 정의

[명사] 낭만을 뜻하는 romance에서 유래.
　　　그 뜻이 확대되어 소망, 바라는 것 등의 의미로 쓰임.

서른 살 정의

안 생겨요.. No望 바랄 망.

두리번-

두리번-

'냉정과 열정 사이'의 준세이와 아오이처럼

가슴 시리게 낭만적인 재회를 기대했지만

콩나물시루처럼 빼곡하게 두오모 성당 앞을 메운 관광객과

화려한 상점들로 발 디딜 틈 없는 골목

준세이의 품에 안겨 있던 아오이 대신

내 품에 꼭 안겨있는 보조 가방.

이것이 내가 만난 '현실과 이상 사이'

카메라

사전적 정의
[명사] 사진을 찍는 기계.

서른 살 정의
그림일기.

어릴 적 그림일기 속의 그림을 보며
어렴풋한 추억 속으로 돌아가듯
한 컷 한 컷 넘겨지는 카메라 속 사진을 보며
한 장 한 장 넘겨보는 그날의 기억.

펜이 없어도
종이가 없어도
그림을 못 그려도
누구나, 어디서든 그릴 수 있는 그림일기.

찰칵!

찰칵!

엽서

사전적 정의
[명사] 우편엽서. 규격을 한정하고 우편 요금을 냈다는 표시로 증표證標를 인쇄한 편지 용지.

서른 살 정의
조금은 느린 메신저.

현란하게 움직이는 이모티콘 대신

희미하게 찍혀 있는 스탬프.

풍경을 볼 수 있는 화상통화 대신

풍경이 그려진 우표 한 장.

오랜만에 쥐어보는 연필과

삐뚤삐뚤한 글씨에 담아보는 설렘.

조금은 느리지만

느린 만큼 선명하게 전달할 수 있는 여행의 메신저.

To.

From.

선글라스

사전적 정의
[명사] 강렬한 햇빛 따위로부터 눈을 보호하기 위하여 쓰는, 색깔 있는 안경.

서른 살 정의
흑역사 보디가드.

변함없는 귀차니즘에 점점 옅어지는 화장과

구워지는 오징어마냥 강렬한 햇빛 앞에서

쪼그라드는 눈, 코, 입.

쪼그라들다 못해 사라져있는 사진 속 내 표정…

내 눈도 보호하고

사진 속 내 모습도 보호하기 위한

여행의 보디가드.

시력보호

시력보호

시력보호

시력

흑역사 금지구역

흑역사 금지구역

친절한 남성

사전적 정의
[명사] 여행지에서 친절하게 다가오는 남성.

서른 살 정의
진돗개 하나 발령. 데프콘 2 발령.

눈이 예쁘다는 말도,

코가 귀엽다는 말도,

목소리가 매력적이라는 말도,

엄마한테도 못 들어본

쏟아지는 칭찬들이

너무 고맙고 감사하지만

마음만 받을게요.

제 지갑은 소중하니까요.

수영장

사전적 정의
[명사] 수영하면서 놀거나 수영 경기 따위를 할 수 있는 시설을 갖춘 곳.

서른 살 정의
물 좋은 이곳.

풀장에 뛰어들어 더위를 씻는 순간

씻겨 내려가는 화장과

포피스로 치밀하게 감싸야 하는 몸매.

할 줄 아는 수영이라곤 잠수뿐이지만

햇빛에 널어놓은 오징어가 되어도 좋아.

선베드에 누워 망고 주스를 마시며

멋진 서양오빠들 매력 속으로 잠수 중.

250

태블릿

사전적 정의
[명사] 코드나 무선으로 연결된 펜으로 그 위에 그림을 그리면
컴퓨터 화면에 커서가 그에 대응하는 이미지를 그려 내는, 작고 납작한 판.

서른 살 정의
있어도 없어도 되는 맹장같은 존재.

살 빼고 입을 거라며 걸어둔 비키니처럼

조만간 펼쳐볼 거라며 꽂아둔 영어 문법 책처럼

언젠가 쓸 거라며 한 장 쓰고 쟁여놓은 수첩처럼

촌스럽지만 놔두면 발라볼 것 같은 매니큐어처럼

잘 자라기만을 바라며 뽑지 않는 사랑니처럼

없으면 아쉽고

있으면 너무나 짐스러운 존재.

이어폰

사전적 정의

[명사] 귀에 끼우거나 밀착할 수 있게 된, 전기 신호를 음향 신호로 변환하는 소형 장치.

서른 살 정의

자체 BGM.

평범한 서점도 내겐 노팅힐

평범한 동물원도 내겐 주토피아

평범한 숲길도 내겐 이웃집 토토로

평범한 고성도 내겐 해리포터

평범한 설경도 내겐 러브레터

평범한 별빛도 내겐 스타워즈

평범한 여행의 풍경을 특별하게 해주는 너.

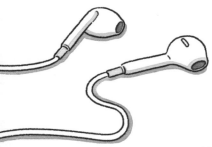

캐리어

사전적 정의
[외래어] carrier, 여행가방.

서른 살 정의
졸지에 보디가드.

차가운 하늘 위에서 감기라도 걸릴까 옷을 입히고
컨베이어 벨트에 덩그러니 누워 있을 너를 향해 내달리고
울퉁불퉁한 자갈길이 겁이 나는지 덜덜 떠는 네 모습에
두 눈 부릅뜨고 아스팔트 광속 스캔.
열차라도 타면 연신 흘끔흘끔.

이 험한 세상에서
내가 널 지켜줄게.

———————— 연애 편

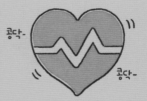

띵동~ 띵동~

준비하는 것도
알아가는 것도
고민하는 것도
귀찮고 지치는 요즘.

그냥 누군가가 알아서
내 평생 짝꿍을 골라
특급 배송으로 보내준다면
얼마나 좋을까?

기왕이면 당일배송으로 부탁드려요.

언제든지!
누구에게나!

적당한 때에
배송됩니다.

걱정 마세요~

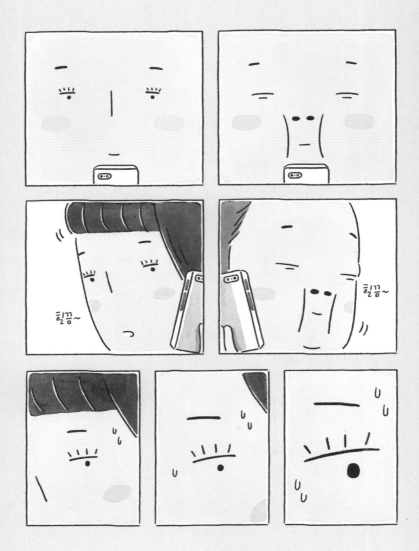

소개팅

사전적 정의
[명사] 누군가의 주선으로 남녀가 일대일로 만나는 일.

서른 살 정의
주선자와의 우정을 확인하러 가는 날.

나랑 정말 잘 어울릴 것 같다던

친구의 진심 어린 고운 마음.

강남역 11번 출구에서 미어캣마냥 두리번거리며

걸려온 전화를 받아들다 두 눈이 마주친 한 사람.

친구를 향한 내 거친 생각과

다가오는 소개팅 남을 관찰하는 불안한 눈빛과

그런 나를 지켜보는 소개팅 남.

이건 전쟁 같은 우정.

사랑

사전적 정의
[명사] 어떤 사람이나 존재를 몹시 아끼고
　　　 귀중히 여기는 마음. 또는 그런 일.

서른 살 정의
할수록 어렵고 알수록 어려운 것.

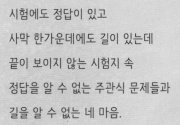

시험에도 정답이 있고

사막 한가운데에도 길이 있는데

끝이 보이지 않는 시험지 속

정답을 알 수 없는 주관식 문제들과

길을 알 수 없는 네 마음.

때론,

알 수 없는 네 마음만큼

내 마음도 알 수 없는 것.

263

반지

사전적 정의
[명사] 장식으로 손가락에 끼는 고리. 위쪽에 보석을 박거나
　　　무늬를 새겨 꾸미기도 한다.

서른 살 정의
케이크를 조심히 먹게 하는 것.

우리가 만난 지 3년이 되는 오늘.

작은 가게 문을 열자

방 한가득 메운 풍선들과 작은 테이블.

조용한 음악 소리가 흘러나오면서

어딘가에서 쑥스럽게 웃으며

내가 제일 좋아하는 딸기 케이크를 들고 나오는 남친.

본능적으로 포크를 집어 올리는 순간.

아.

이 케이크 막 퍼먹어도 되나?

일단
먹자~

266

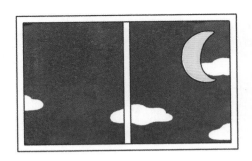

문자

사전적 정의
[명사] 인간의 언어를 적는 데 사용하는 시각적인 기호 체계.

서른 살 정의
외국어.

괜찮다고 하면서 따라붙는 점 하나.

아니라고 하면서 따라붙는 ㅋ 하나.

집이라고 하면서 한참 늦는 답 문자.

점점 짧아지는 문자와 길어지는 간격.

한글이지만 해석이 필요하고

한국이지만 때론 시차적응이 필요한 것.

흔적

사전적 정의
[명사] 어떤 현상이나 실체가 없어졌거나 지나간 뒤에 남은 자국이나 자취.

서른 살 정의
시간이 약이 될까?

어떤 약을 발라야 너의 흔적이 없어질까.

무엇으로 지워야 너의 흔적이 사라질까.

때론 희미해질수록 또렷해지는 기억에

때론 지워질수록 선명해지는 네 모습에

마치 지금도 그때인 것만 같지만

내 곁에 네가 없는 이 모습이

너의 흔적이겠지.

이별

사전적 정의
[명사] 서로 갈리어 떨어짐.

서른 살 정의
다시 혼자에 익숙해지는 시간.

같은 자리, 다른 생각.
놓아버리고 싶은 마음과 잡아주길 바랐던 마음.

늘 같이 들렀던 동네 카페.
늘 같이 먹었던 단골 맛집.
늘 같이 걸었던 집으로 돌아가는 길.
이제는 혼자 걷는 이 길.

다시, 익숙해질 수 있을까?

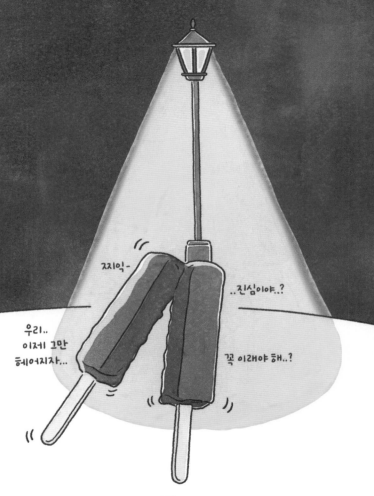

272

선

사전적 정의
[명사] 사람의 좋고 나쁨과 마땅하고 마땅하지 않음을 가리는 일.
　　　　주로 결혼할 대상자를 정하기 위하여 만나 보는 일을 이른다.

서른 살 정의
주선자를 위해 선의의 거짓말이 필요한 날.

주말엔 방바닥에서 엑스레이 찍듯 하루 종일 누워 있는 내가

동네 한 바퀴 돌고 집안일 돕는 나로,

가끔 폭식하고 자괴감에 빠지는 내가

먹는 걸 좋아하지만 많이 먹진 못하는 나로,

짤방 마니아에 드라마 중독자인 내가

독서와 영화감상이 취미인 나로,

두발로 나갔다 네발로 기어들어가는 내가

취한 적이 없는 나로.

삥치지마~!

오늘… 코 좀 높아지겠는데?

결혼식

사전적 정의
[명사] 부부 관계를 맺는 서약을 하는 의식.

서른 살 정의
검은 머리 파김치 되는 날.

황금 같은 주말만큼 황금 같은 축의금.
식장인지 식당인지 알 수 없는 예식장.
흩날리는 꽃가루처럼 왠지 모를 싱숭생숭한 마음.
졸업을 했는데도 끝나지 않는 단체 졸업사진.
피로감이 몰려오는 피로연과
파뿌리다 못해 파김치가 되어 가는 신랑 신부의 모습.

아무쪼록 내 몫까지 행복하게 살아주렴.
난 네 몫까지 행복하게 먹을 테니.

276

축의금

사전적 정의

[명사] 축하하는 뜻을 나타내기 위하여 내는 돈.

서른 살 정의

과연 돌려받을 수 있을까 싶지만 하루 뷔페 값이라고 생각하며 내는 돈.

왠지 모르게

나 혼자만 열심히 축하하는 것 같아

불안감이 점점 올라오지만

애써 태연한 척하며 식권을 받아들고

식당으로 내려가서 열심히 먹는 날.

이마저도 그만 먹고 시집이나 가라며

잔소리 한 접시 챙겨주시는 엄마 덕분에

두 접시에서 젓가락을 내려놓는 날.

남자친구

사전적 정의
[명사] 애인, 이성교제 중인 존재.

서른 살 정의
어딘가 존재하는 존재.

나도 새 모이만큼 먹고 배부르다고 할 수 있고,

나도 소주 한 잔에 비틀거릴 수 있고,

나도 내 생얼을 본 것 마냥

공포영화에 소스라치게 놀랄 수 있는데

이 완벽한 연기를 펼칠 수 있는 상대역이 없다니.

멋진 남성분들,

얼른 오디션 보러 와주세요.

기념일

사전적 정의
[명사] 축하하거나 기릴 만한 일이 있을 때, 해마다 그 일이 있었던 날을 기억하는 날.

서른 살 정의
네 머릿속의 지우개.

케이크 속에 파묻혀 반짝이는 걸 바라는 게 아니야.
트렁크 위로 날아가는 풍선들을 바라는 게 아니야.
모 심듯 깔아놓은 장미 길을 바라는 게 아니야.
손발이 오그라드는 사랑 노래를 바라는 게 아니야.

우리의 특별했던 추억이
반복적인 일상으로 지워지는 게 싫을 뿐이야.

크리스마스

사전적 정의
[명사] 12월 24일부터 1월 6일까지 예수의 성탄을 축하하는 명절. 성탄절.

서른 살 정의
울면 안 돼.

아무리 껴입어도 왠지 모르게 춥고
아무리 뒤져봐도 연락을 할 친구가 없고
영화관의 넘치는 커플들로 커플석 옆에 앉고
내 앞 사람이 사간 케이크가 마지막 케이크더라도
난 울지 않아.
산타 할아버지는 우는 아이에게
선물을 안 주시니까.

너... 근데
어른 아니잖아...

밸런타인데이

사전적 정의

[명사] 발렌티누스의 축일祝日인 2월 14일을 이르는 말.
　　　해마다 성 발렌티누스 사제가 순교한 2월 14일에
　　　사랑하는 사람끼리 선물이나 카드를 주고받는 풍습이 있다.

서른 살 정의
그런 거 없데이.

오늘은 그저 2월 14일일 뿐이고

이 모든 게 초콜릿 회사의 얄팍한 상술이라지만

퇴근길 집 앞 카페에 들려

초코를 가득 품은 초콜릿 케이크에

씁쓸한 아메리카노 한 모금을 삼키며 생각해본다.

내년엔 더 달콤하겠지?

초콜릿처럼 인생은 달콤 씁쓸한 것.

286

시월드

사전적 정의
[신조어] 시어머니, 시아버지, 시누이처럼 시^媤 자가 들어간 사람들의 세상,
즉 시댁을 말하는 표현.

서른 살 정의
세상에서 제일 무서운 놀이동산.

세상에서 제일 재밌는 놀이동산이 있다는
남친 말만 믿고 따라나선 놀이동산.
재미는커녕 아무리 주변을 둘러봐도
무서운 놀이기구 투성이라 집에 가자고 하지만
혼자 재밌어하며 놀기 바쁜 남친.
그리고 내 손목을 두르고 있는 '평생 자유이용권'

설마.
여기 평생 와야 하는 거 아니지…?

스드메

사전적 정의
[신조어] 스튜디오, 드레스, 메이크업을 묶어 부르는 웨딩 업계의 신조어.

서른 살 정의
떡튀순 세트 떡볶이. 튀김. 순대.

결혼준비가 한창인 친구와의 만남.

스드메를 해결했다며 씁쓸하게 안도하는 네 모습.

친구와 헤어지고 집으로 가는 길.

밤은 늦었는데 배는 고프고,

골목 앞 분식집에 다소곳이 앉아 있는 떡튀순 세트.

오랜만에 먹는데 안 먹자니 아쉽고 다 먹자니

부담스러운 이 기분.

아, 이게 바로 스드메구나.

사전적 정의
[명사] 사람의 마음을 사로잡아 끄는 힘.

서른 살 정의
최고의 재능.

지갑 없이 돌아다녀도 배고픈 적이 없는 너.

비가 와도 비를 맞지 않는 너.

소개팅을 안 해도 남자친구가 끊긴 적이 없는 너.

예쁘진 않은데 사랑스럽다는 너.

분위기는 내가 다 띄웠는데 결국에 주인공은 너.

저기…

재능기부 좀 해줄래?

훈남

사전적 정의
[신조어] '보고 있으면 훈훈해지는 남성'이라는 뜻.

서른 살 정의
조물주의 재능기부.

우울한 기분,

심드렁한 하루,

재미라곤 찾아볼 수 없는 일상 속

아무생각 없이 들어간 카페에서 발견한 훈남.

시원한 아메리카노만큼이나

안구가 시원해지는 지금,

이 카페 물이 좋구나….

썸

사전적 정의
[신조어] 사귀기 전, 미묘한 관계.

서른 살 정의
궁금한 게 많아지는 사이.

점심에 뭐 먹었썸?

오늘 기분 어땠썸?

어제 몇시에 잤썸?

주말에 뭐 했썸?

여기 어떻게 왔썸?

썸 타고 왔썸.

밀당

사전적 정의
[신조어] 남녀 관계에서 미묘한 심리 싸움을 의미함.

서른 살 정의
하기 싫당.

아침엔 아침잠과 밀당을

집에선 엄마와 밀당을

회사에선 부장님과 밀당을

저녁엔 야식과 밀당을

주말엔 게으름과 밀당을

순간순간이 밀당인 일.

너와 함께하는 이 시간만큼은

그냥 같이 손잡고 걸으면 안 될까?

아이돌

사전적 정의
[명사] '우상'이라는 뜻으로, 젊은이들에게 인기 있는 젊은 연예인.

서른 살 정의
연하 남친이 생겼으면 좋겠군.

방긋방긋 웃으며 칼 군무를 추는 상큼한 너희들이
'좀 괜찮다' 정도로 생각했지만,
회사 모니터 바탕화면 구석에 소심하게 영상을 띄워놓고
퇴근길이면 재방송을 찾아보며
콘서트 티켓팅 날 새로고침을 연신 누르는 나 자신을 발견.

아: 아

이: 이제

돌: 돌이킬 수 없는 건가.

청첩장

사전적 정의
[명사] 결혼 따위의 좋은 일에 남을 초청하는 글을 적은 것.

서른 살 정의
어느 날 갑자기.

어느 날 갑자기 연락 온 10년 전 동창.

어느 날 갑자기 열린 메신저 단체 카톡방.

어느 날 갑자기 보내온 안부 메시지.

어느 날 갑자기 급하게 잡힌 저녁약속.

갑자기 쌓이는 친분 뒤로

무겁게 쌓여가는 청첩장.

그리고 갑자기 가벼워진 통장 잔고.

결혼

사전적 정의
[명사] 남녀가 정식으로 부부 관계를 맺음.

서른 살 정의
정답도 오답도 없는 것.

사지선다형 객관식 문제가 아닌
공식에 맞춰 풀어내는 문제가 아닌
해석이 필수인 문제가 아닌
시간이 얼마나 걸리든
나의 생각대로 풀어나가는 것.

어쩌면 채점할 필요도
틀릴 이유도 없지 않을까?

303

데이트

사전적 정의
[명사] 이성끼리 교제를 위하여 만나는 일.

하루가 짧은 날.

째깍~

귀차니즘 게으름뱅이인 내가
아침 댓바람부터 공들여 화장을 하고
집순이 전용 추리닝 대신
오늘만을 기다렸던 신상 원피스를 입고
라면으로 시작하던 주말의 아침이
부드러운 스파게티로 시작하는 오늘.
느리게 흘러가는 것만 같던 일상이
유난히 짧게만 느껴지는 날.

영화

사전적 정의
[명사] 일정한 의미를 갖고 움직이는 대상을 촬영하여 영사기로
영사막에 재현하는 종합 예술.

서른 살 정의
분위기 메이커.

때론 눈물 쏟는 멜로영화로
은근슬쩍 품에 안겨 울어도 보고
때론 등골 서늘한 공포영화로
어색한 우리 사이를 가깝게 해주고
때론 배꼽 찢어지는 오락영화로
즐거움도 배가 되게 해주는 너.

그래.
부귀영화는 못 누려도 우리 서로를 누려보자.

현실

사전적 정의

[명사] 현재 실제로 존재하는 사실이나 상태.

서른 살 정의

라식수술.

부드러운 웃음과 따뜻한 마음.

사랑스러운 너를 좀 더 가까이 보고 싶어

과감하게 오른 결혼이라는 수술대.

조금씩 또렷해지는 너의 모습 뒤로 보이는

빛나는 결혼식과 빚 나는 통장.

휴식 없는 주말과 긴장되는 명절.

그리고 독박육아.

내가 잘못 본 거겠지?

눈물이 마르지 않을지도...

309

명절

사전적 정의

[명사]

1. 해마다 일정하게 지키어 즐기거나 기념하는 때.
2. 국가나 사회적으로 정하여 경축하는 기념일.

서른 살 정의

출근하고 싶어지는 날.

시집가라는 할머니를 피해 거실로

남자친구 있냐는 삼촌들을 피해 주방으로

다이어트 하라는 고모들을 피해 도착한 내 방.

그곳엔 자유를 만끽하는 조카들과

다운받은 게임에 점령당한 내 컴퓨터.

하….

회사가 또 이렇게 그리워질 줄 몰랐다.

———————— 속담 편

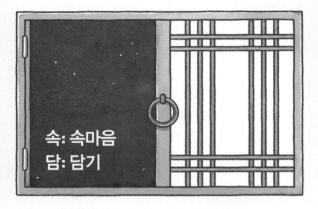

속: 속마음
담: 담기

그때가 지금이나
달라지지 않는 건
짧은 문장 안에 담겨 있는 속마음.

간에 기별도 안 간다

사전적 정의
먹은 것이 너무 적어 먹으나 마나 하다.

서른 살 정의
다이어트 첫째 날 먹은 샐러드.

하루 종일 너를 기다렸건만
소리 없이 왔다 간 샐러드 덕분에
견딜 수 없는 아쉬운 마음을 채우러
편의점으로 향하는 발걸음.

시도 때도 없이 기별이 오는 통에
적금마냥 쌓여만 가는 편의점 마일리지.
모인 편의점 마일리지를
비행기 마일리지로 바꿔주면 좋겠다는 생각을 하는 오후.

샐러드야, 다음에는 꼭 오래 머물다 가줘……

다 된 밥에 재 뿌리기

사전적 정의
거의 다 된 일을 끝판에 망치게 되었다는 말.

서른 살 정의
소개팅 날 갑작스럽게 잡힌 회식.

최고의 저녁을 위해
주린 배를 움켜쥐며 정성껏 화장도 하고 수정 메이크업도 마쳤다.
이 정도면 의상도 완벽해. 오늘 립 색깔도 아주 마음에 들어!

퇴근 삼십 분 전,
갑자기 울리는 메시지 알림 소리를 듣고
두근거리며 스마트폰을 확인하는 순간 밀려오는 절망감.

'오늘 비정기 회식 장소는 아래와 같습니다.
전원 필히 참석 요망'

그리고 덩그러니 첨부되어 있는 얄미운 지도 한 장.
다 된 소개팅 위로 뿌려지는 회식 한 줌.
그렇게 놓쳐버린 데이트와 다이어트.

강 건너 불구경하듯 한다

사전적 정의
남의 일인 듯 무관심한 태도.
서른 살 정의
제 야근 식대 총액을 보시면서도 느끼시는 게 없으십니까…… 부장님…….

내 눈앞에 쌓여 있는 게 야근 식대인지
두루마리 휴지인지 알 수 없는 영수증.
그래도 한 장이라도 놓칠세라 야무지게 묶어는 두었죠.

야근이 길어질수록 바짝바짝 말라가는 입술과 타들어가는 마음.
오늘도 열심히 마감의 요단강을 헤엄치는 나를
멀찍이서 그저 바라만 보시는 부장님.
부장님만 먼저 가시기 있나요…….
왜 내일 보고라는 걸 오늘 다섯 시에 말해주시나요…….

티끌 모아 태산

사전적 정의

작은 것이라도 모이면 큰 것이 된다는 뜻.

서른 살 정의

티끌 모아 '영혼까지 끌어올려 주는' 브래지어를 구합니다.

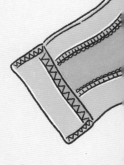

얼마나 많은 티끌들을 끌어 모아야
이 꿈을 채울 수 있을까?
보이지 않는 나의 가능성과
흩어져 있는 희망을 끌어올려 줄 너를 찾아
오늘도 인터넷 사이트의 후기와 리뷰를 챙겨본다.

작년에 사둔 비키니를 바라보니
그저 걱정이 태산.
저쪽 영혼은 또 어떻게 끌어올린다지.

나는
다음 생에 입어...

설마가 사람 잡는다

사전적 정의
'그럴리야 없겠지'하고 속으로 믿고 있는 일에 큰 낭패를 보게 된다는 뜻.

서른 살 정의
월요일, 눈을 떠보니 아침 9시.

이미 OFF로 조작되어 있는 알람 기능.
이런 짓을 한 게 나일 리 없다며 애써 부정해본다.
매너모드로 되어 있는 스마트폰을 망연자실 바라보는데
밀려 있는 부재중 통화 개수를 보니
이대로 퇴사하고 싶다.

때마침 떨리는 핸드폰 속 부장님 번호.
떨리는 손만큼 떨리는 마음.

설마
지각인가.
제일 가까운 응급실이 어디더라.

가는 날이 장날

사전적 정의
어떤 일을 하려고 하는데 뜻하지 않은 일을 공교롭게 당함을 비유적으로 이르는 말.

서른 살 정의
풀 메이크업에 풀 장착하고 친구들을 만나기로 했는데 비가 오는 날을 이르는 말.
오늘 내가 신고 입은 스웨이드 신발과 실크 원피스에 삼가 조의를 표합니다.

오늘따라 오아시스마냥 잘 먹은 화장에
없던 약속을 굳이 잡곤
월급날에 맞춰 지른 신상 실크 원피스와
아플수록 성숙해지는 스웨이드 소재의 하이힐을 신고
마을버스 정류장에 서 있는데
쏟아지는 빗줄기.

그렇게
하늘도 울고
나도 울고.
내 힐과 원피스도 같이 울었다.

하..
이렇게 갑자기
무슨 일이냐..

칼로 물 베기

사전적 정의

다투다가도 좀 시간이 흐르면 이내 풀려 두 사람 사이에 아무 틈이 생기지 않는다는 뜻.

서른 살 정의

헛수고.

과감하게 너를 잊어보려고
집안 곳곳에 남아 있는 너의 흔적을 치우고
너와의 만남마다 남기던 쿠폰도 찢어 보았지만
낯선 골목에서도 뒤돌아보게 하는 너의 향기와
밥을 먹을 때에도, 잠자리에 누웠을 때에도
내 머릿속을 떠나지 않는 네 모습.
우리에겐 의미 없는 이별.

이별의 아픔에 버터부터 발라보자.
치즈도 꺼내서 이 아픔을 함께 달래보자.

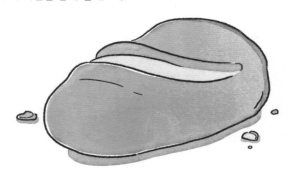

공든 탑이 무너지랴

사전적 정의
힘과 정성을 들여 한 일은 반드시 좋은 결과를 가져온다는 말.

서른 살 정의
공 든 살이 빠지랴. 내가 이 몸 만드는 데 수억을 들인 사람이야.

아침엔 회사 근처 빵집에서 두 봉지.
점심엔 지하 구내식당에서 한 그릇 더.
사무실 서랍 속 초콜릿들로
마음의 양식을 채워놓는다.
저녁엔 집 앞 치킨집에서 한 마리,
새벽엔 책상 앞에서 라면 한 그릇.

무너지지 않게 정교하게 쌓아 올린 너희들.
무럭무럭 자라나서 위대한 사람이 되려무나.

김칫국부터 마신다

사전적 정의

남의 속도 모르고 제 짐작으로 지레 그렇게 될 것으로 믿고 행동한다는 뜻.

서른 살 정의

애프터가 들어오면 뭘 입고 나갈까?

지각한 나에게 괜찮다며 웃어주던 당신.

어떤 음식을 좋아하냐며 메뉴판을 건네준 당신.

영화 보는 걸 좋아한다며 슬며시 나의 취향도 묻던 당신.

카페에서 언제 같이 커피를 마시자던 당신.

잘 들어갔냐는 안부 문자를 보내온 당신.

이건

그린라이트 맞죠?

소 잃고 외양간 고친다

사전적 정의
준비를 소홀히 하다가 실패한 후에야 후회를 하고 뒤늦게 수습한다는 말.

서른 살 정의
어느 날 들려온 구 남친의 결혼 소식. 이런 소식은 어쩜 또 이렇게 빨리 전달되는지.

밭을 갈아엎듯 너의 마음을 갈아엎고
코뚜레를 붙잡고 장터를 누비듯
너를 붙잡고 주사를 부리며 동네를 누비고
때맞춰 못 준 여물처럼
때맞춰 말하지 못한 미안하단 한마디만 마음에 남았다.
그리고 어느 날 들려온 너의 결혼 소식.

마음을 고쳐먹고 나서 보니
너는 이미 '우리' 밖에 있구나.
나는 아직도 '우리'였는데.

335

서당 개 삼 년이면 풍월을 읊는다

사전적 정의
무식한 사람이라도 유식한 사람과 오랫동안 같이 있으면 자연히 견문이 생긴다는 말.

서른 살 정의
결혼한 친구 3명이면 며느리증후군을 앓는다.

결혼한 적도 없는데
결혼한 친구 셋만 만나 이야기를 들으면
내가 다 결혼한 것 같다.

왠지 모르게 어버이날이 긴장되고
왠지 모르게 내 맘 몰라주는 남편이 있는 것 같고
왠지 모르게 시어머니 잔소리가 들리는 것 같고
왠지 모르게 명절만 되면 손목이 저리는 것 같다.

왜 내가 결혼한 것 같지.

니가 결혼했냐..

누울 자리 봐 가며 발 뻗어라

사전적 정의

다가올 결과를 생각하면서 모든 것을 미리 살피고 일을 처리하라는 뜻.

서른 살 정의

누울 자리는 봤는데 뻗을 날이 없네요.

에메랄드빛 해변 모래사장 위로

몸을 뉘여 보고도 싶고

흔들거리는 해먹 위로

몸을 뉘여 보고도 싶고

뽀송뽀송한 침대 위로 잉여롭게

몸을 뉘여 보고도 싶지만

몸을 누일 자리는 고사하고 시간조차 없는 빡빡한 일정에

이러다 몸져 누울지도 모르겠단 생각이 드는 일요일 밤.

누가 금요일에 일 의뢰하고

월요일 오전까지 달라고 하시는 겁니까.

둘이 먹다가 하나가 죽어도 모른다

사전적 정의
음식이 매우 맛있을 때 쓰는 말.

서른 살 정의
기다리다 죽을 것 같은 음식점 앞 대기 줄.

줄어들지 않는 앞줄,
밀려오는 뒷줄,
요동치는 배 속,
희미해져가는 의식.

내가 선 줄이 대기 줄인지
저승길인지 모르는 이곳에서
정신 줄을 붙잡고 있는 이 시간.
그냥 다른 가게에 갈까 싶다가도
내 뒤로 이어진 긴 줄을 보면 왠지 아까워 그대로 서 있다.
'맛있는 집엔 이유가 있겠지' 라며 핑계도 대 본다.

그런데 먹기 전에 지겨워 죽을 것 같다.

피는 물보다 진하다

사전적 정의
뭐니 뭐니 해도 한 형제, 자매가 낫다는 말.

서른 살 정의
커피는 물보다 진하다.

밤샘 작업에도 끄떡없다는 자양강장제,
건강도 챙겨준다는 오렌지 주스,
달달한 게 최고라며 집어든 초콜릿 우유,
건강을 생각하며 마셔보는 물 한 잔.
하지만 아무리 마셔도 채워지지 않는 허전함.

역시
깊은 밤을 채울 수 있는 건 너뿐이구나.
어서 오렴. 더블샷 아메리카노.

344

남의 잔치에
감 놔라 배 놔라 한다

사전적 정의
쓸데없이 남의 일에 간섭한다는 뜻.

서른 살 정의
남의 인생에 결혼해라 애 낳아라, 관심을 두는 일.

연애하면 공부해라.

졸업하면 취직해라.

취직하면 선보아라.

연애하면 결혼해라.

결혼하면 애낳아라.

애낳으면 하나더요?

저기

제 잔치인데 제가 즐거워야 하지 않을까요?

그만 상관하셨으면 좋겠어요.

아니 땐 굴뚝에 연기 나랴

사전적 정의
반드시 원인이 있어야 결과가 생긴다는 뜻.

서른 살 정의
내 굴뚝의 땔감은 바로 과장님.

기운 빠지는 월요일 아침 회의.
입맛 없는 점심시간.
끝이 보이지 않는 수정과 변경.
마음이 헛헛할 때면 괜스레 뒤적거려보는 구직 사이트.
감기도 아닌데 점점 뜨거워지는 이마.

머리 위로 스멀스멀 올라오는 연기와
타들어가는 마음.
그리고 과장님,
저 이제 다 했는데 집에 가도 되나요?

348

약방에 감초

사전적 정의
어떤 일에나 빠짐 없이 참여하는 사람을 말함.

서른 살 정의
응원단 출신 대리님.

야근 후 회사 근처 치킨집에도
주말이 아까운 워크숍에도
빠지고만 싶은 회식 자리에도
빠지지 않는 우리 회사의 감초 박 대리!

하지만
노래방에서도 멈추지 않는 감초 덕분에
오늘도 나는 녹초.
속으로 외쳐본다.
'제발 저까지 끼우지 말아 주세요.'

옥의 티

사전적 정의
아무리 좋아도 한 가지 결점은 있다는 말.

서른 살 정의
옥의 잡티.

줄어들 기미가 안 보이는 기미들.
오늘도 활짝 웃고 있는 모공들.
늘어난 시름 따라 늘어난 주름.
이 와중에 이제 와서 뒷북치는 성인 여드름.

이젠
티의 옥을 찾는 게
더 빠를지도 모르겠다.

좋은 약은 입에 쓰다

사전적 정의
듣기 싫고 귀에 거슬리는 말이라도 제 인격 수양에는 이롭다는 뜻.

서른 살 정의
엄마는 약사.

부장님 때문에 끓어오르는 열과
내 마음도 몰라주는 클라이언트.
이 와중에 파일을 날려버린 신입사원.

곪힌 마음 위로 쏟아지는 쓰디 쓴 알약과 소독약.
그리고 멍든 마음을 쓰다듬는 '맘소래담' 로션.

오늘도 상처받은 마음 위로 처방되는
엄마 표 조제약.

잘 먹어야 금방 낫겠지?

하..
넘나 쓴 것...

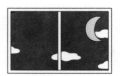

생각정거장

생각정거장은 매경출판의 새로운 브랜드입니다. 세상의 수많은 생각들이 교차하는 공간이자 저자와 독자가 만나 지식의 여행을 시작하는 곳입니다. 그 여정의 충실한 길잡이가 되어드리겠습니다.

괜찮을 리 없는 서른을 위한 감성 낙서

29.9세 여자 사전

초판 1쇄 2018년 1월 10일
초판 2쇄 2018년 3월 20일

지은이 김지은
펴낸이 전호림
책임편집 오수영
마케팅 박종욱 김혜원
영업 황기철

펴낸곳 매경출판㈜
등록 2003년 4월 24일(No. 2-3759)
주소 (04557) 서울시 중구 충무로 2(필동1가) 매일경제 별관 2층 매경출판㈜
홈페이지 www.mkbook.co.kr **페이스북** facebook.com/maekyung1
전화 02)2000-2642(기획편집) 02)2000-2646(마케팅) 02)2000-2606(구입 문의)
팩스 02)2000-2609 **이메일** publish@mk.co.kr
인쇄 · 제본 ㈜M-print 031)8071-0961
ISBN 979-11-5542-797-2(02810)

이 도서의 국립중앙도서관 출판예정도서목록(CIP)은 서지정보유통지원시스템 홈페이지(http://seoji.nl.go.kr)와 국가자료공동목록시스템(http://www.nl.go.kr/kolisnet)에서 이용하실 수 있습니다.
(CIP제어번호: CIP2017033858)